Arena-Taschenbuch
Band 2340

Andreas D. Hesse,
geboren 1974, studierte Germanistik und Geschichte.
Seit frühester Kindheit interessierte er sich für Fantasy-Literatur und -Rollenspiele. Seinen ersten Fantasy-Roman schrieb der Autor im Alter von 23 Jahren.

Von Andreas D. Hesse sind als Arena-Taschenbuch erschienen:
Schatten über Fraterna (Band 2137)
Die letzten Magier (Band 2811)
Weltenspringer – Das Schwert der Macht (Band 2338)
Weltenspringer – Die Tochter der Wüste (Band 2339)

Andreas D. Hesse

Weltenspringer

Die Türme von Shalaan

Arena

In neuer Rechtschreibung

1. Auflage als Arena-Taschenbuch 2004

Erstmalig erschienen 2000 bei PepperMind
im Egmont Franz Schneider Verlag GmbH, München
Umschlagillustration: Silvia Christoph
Umschlagtypografie: knaus. büro für konzeptionelle
und visuelle identitäten, Würzburg
Gesamtherstellung: Westermann Druck Zwickau GmbH
ISSN 0518-4002
ISBN 3-401-02340-3

DIE schwarzen Klingen stießen klirrend aneinander. Trotz des gleißenden Sonnenlichts konnten die drei Zuschauer am Rande des Kampfkreises Funken von den Schwertern aufstieben sehen.

Es waren recht ungewöhnliche Beobachter, die dort den Kampf verfolgten. In der Mitte saß eine junge Elhaîn mit blauschwarzen Haaren, die um das tiefbraune, schmale Gesicht herum über ihre Schultern flossen. Ihre blauen Augen blitzten vor Spannung wie zwei Kristalle, wann immer einer der beiden Kämpfenden eine besonders gewagte Bewegung vollführte.

Zu ihrer Linken ragte ein Khoganer auf. Die muskelbepackten Schultern und die Größe dieses Wesens von fast zwei Metern wären schon erschreckend genug gewesen, aber die schwarze Schuppenhaut und die gelb glühenden Augen ließen es aussehen wie einen Wirklichkeit gewordenen Alptraum.

Der dritte Zuschauer, ein junger Lherram, war das genaue Gegenteil von dieser grausigen Erscheinung. Sein schmaler Affenkörper war kaum höher als einen guten Meter und der goldbraune Pelz sowie die großen dunklen Augen machten deutlich, dass man von ihm wohl nichts zu befürchten hatte.

»Sie ist viel schneller geworden«, stellte Phillo fest und

rieb sich abwesend über die schwarz geschuppte Haut seines Kopfes. Seine gelben Echsenaugen glühten vor Begeisterung über den Kampf. Die vier Schwerter der beiden Kämpfer wirbelten mit hörbarem Zischen durch die Luft, so schnell, dass man sie kaum noch erkennen konnte.

»Aber trotzdem hat sie keine Chance gegen Faghun«, brummte Sanna und trank einen Schluck Wasser. Obwohl sie unter dem Schatten eines Sonnensegels saßen, war es unerträglich heiß und der Schweiß lief Sanna in Strömen herunter. »Mittlerweile verstehe ich, warum die anderen Khuzum ihn so verehren. Wahrscheinlich könnte er mit zehn von ihren Kriegern gleichzeitig fertig werden.«

»Und Jeans ist mittlerweile auch nicht schlecht«, fügte Art hinzu. »Wahrscheinlich tut es ihr schon Leid, dass bei uns zu Hause so wenig mit dem Schwert gekämpft wird.«

»Mir nicht«, brummte Sanna. »Ich habe einfach nichts übrig für die Dinger. Außerdem freue ich mich schon darauf, mir Sorgen um meine Hausaufgaben zu machen statt um irgendwelche Typen, die mich umbringen wollen.«

»Mist!«, rief Art und sprang auf, was ihn immerhin auf Augenhöhe mit dem sitzenden Phillo brachte. »Ich muss noch dieses blöde Übungsblatt für Englisch fertig machen!«

»Oh Gott!«, stöhnte Phillo, ließ sich nach hinten fallen

und verbarg das Gesicht in den Händen. »Wir schreiben doch in zwei Wochen Mathe.«

Sanna griff unter ihr Hemd und zog einen Anhänger hervor. Er war kreisrund, etwa so groß wie ihre Handfläche, und bestand aus einer silbernen Scheibe, die von einem dunkelgoldenen Rand eingefasst war. Beide Teile waren mit seltsamen, fremdartigen Symbolen bedeckt, die irgendwie zusammenzupassen schienen, wenn man die innere Scheibe um ein paar Zentimeter verdrehte.

»Ich denke, ihr müsst euch noch keine Sorgen machen«, meinte Sanna nach einer Weile. »Wenn es stimmt, was Ulrik gesagt hat, dann werden wir noch eine ganze Weile hier bleiben.«

»Hat sich das Ding noch nicht gedreht?«, fragte Art und schnappte Sanna den Anhänger weg.

»Nur ein kleines Stück«, erwiderte Sanna. Ihre Augen blitzten ärgerlich auf. Sie konnte es nicht ausstehen, wenn man ihr etwas aus der Hand riss.

»Das heißt, dass es noch nicht aufgeladen ist«, brummte Phillo und setzte sich wieder auf. »Na gut, dann muss die Klassenarbeit halt noch ein bisschen warten.« Er machte nicht den Eindruck, als ob er darüber besonders unglücklich wäre.

Mit dem Anhänger, den der Magier Ulrik als »Arcanion« bezeichnete, hatte vor mehreren Wochen ihre erste Reise in diese fremde Welt begonnen. Das Arcanion versetzte die Freunde in die Lage, von ihrer eigenen in eine andere Welt zu springen. Bei jedem Sprung verwandel-

te das Arcanion die Körper der Freunde, um sie an diese Welt voller Magie und Fabelwesen anzupassen.
Ulrik hatte ihnen erklärt, dass sie die Körper annahmen, die am besten zu ihnen passten. Art bestritt immer noch, dass er im Grunde ein kleiner Affe war, ebenso wie Phillo nicht glauben konnte, dass in ihm ein jähzorniger Khoganer steckte. Sanna dagegen hatte sich mit ihrer Gestalt gut angefreundet, nicht zuletzt, weil sie als Elhaîn atemberaubend schön war.
»Trotzdem hätte ich nichts dagegen, langsam mal wieder nach Hause zu kommen«, meinte Art. »Ich würde meine Eltern gerne mal wieder sehen.«
»Blödsinn«, lachte Sanna. »Du hast nur Sehnsucht nach 'nem Burger mit Pommes.«
»Das auch«, gab Art grinsend zu.
In diesem Moment lösten sich die beiden Kämpfer voneinander, steckten ihre Schwerter ein und verneigten sich voreinander.
»Scheint, als wären sie für heute fertig«, stellte Phillo fest. »Jeans sieht aber ziemlich erledigt aus.«
»Diese Spinner haben sich jetzt seit zwei Stunden gedroschen«, gab Sanna zu bedenken. »Ich hätte das keine zehn Minuten ausgehalten.«
Tatsächlich schien Jeans die Gluthitze der Wüste in ihrer Gestalt als Khuzum fast völlig egal zu sein. Trotzdem keuchte sie, als sie unter das Sonnensegel trat, und ihre feuerroten Haarsträhnen klebten schweißnass an ihren Schultern fest. Dennoch blitzten die grünen Au-

gen vergnügt aus dem schwarz-rot gestreiften Gesicht heraus.
Die Khuzum waren eine menschliche Rasse mit knallroter Haut, die sich am ganzen Körper mit schwarzen Mustern tätowierten. Die Muster zeigen, zu welchem Geschlecht dieses Volkes sie gehörten. Jeans' neuer Körper hatte das Muster eines Geschlechts, das bis auf einen alten Krieger namens Faghun ausgestorben war.
Als sie vor einigen Wochen auf die Khuzum gestoßen waren, hatte dieser Krieger Jeans als seine Tochter angenommen. Und nun brachte er ihr seine Kunst im Schwertkampf bei.
»Ich bin völlig am Ende«, stöhnte Jeans und ließ sich neben ihren Freunden auf den Hintern plumpsen. »Gebt mir doch mal das Wasser, ja?«
»Wie macht sie sich, Faghun?«, fragte Art grinsend den alten Krieger, als der sich auch hinsetzte.
»Sie lernt sehr schnell«, nickte Faghun und strich sich über das ergraute Haar. Er selbst war kein bisschen verschwitzt. »Aber bis sie sich gegen einen geübten Gegner erfolgreich wehren kann, wird einige Zeit vergehen.« Er warf einen Blick in die Runde. »Wie lange werdet ihr noch in dieser Welt bleiben?«
Die drei fuhren herum und starrten Jeans an, die mit den Schultern zuckte. »Ich habe es ihm erzählt«, sagte sie nur und trank weiter. Keiner sagte etwas und sie setzte den Becher heftig ab. »Er ist mein Vater, verdammt!«
»Du hättest trotzdem vorher mit uns darüber reden

können«, meinte Sanna ruhig. »Entschuldige Faghun, aber wir hatten ausgemacht niemandem zu sagen, woher wir kommen.«
»Euer Geheimnis ist bei mir gut aufgehoben«, versicherte der Krieger. »Und Jeans hat es mir erst gesagt, nachdem ich darauf bestand.«
»Sorry«, knurrte Jeans trotzig. »Aber er hat mir versprochen, dass es niemand von ihm erfährt.«
Die drei anderen sahen sich an und Phillo gab ein gleichgültiges Brummen von sich. Faghun würde sich bestimmt lieber in Streifen schneiden lassen, bevor er etwas verriet. Letzten Endes war es vermutlich völlig egal, dass Jeans es ihrem »Vater« verraten hatte.
»Wie dem auch sei«, nickte Phillo, »wir bleiben noch ein wenig. Das Arcanion hat sich wohl noch nicht so weit aufgeladen, dass wir zurückkönnen.«
»Schaffst du es überhaupt selber?«, fragte Jeans. »Ich meine, kannst du uns zurückbringen?«
»Ich habe es einmal hingekriegt, also ist es möglich«, meinte Sanna zweifelnd. »Aber ich muss sagen, ich hätte nichts dagegen, wenn wir noch einmal nach Thebul gehen würden, um Ulrik zu treffen.«
»Außerdem haben wir versprochen, dass wir bei unserem königlichen Freund Larson vorbeisehen«, warf Art ein.
»Das stimmt«, nickte Phillo. »Und ich könnte auch mal wieder eine etwas kühlere Umgebung vertragen. Die Hitze hier macht mich immer noch fertig.«

»Ich bleibe hier«, stellte Jeans fest. »Faghun muss mir noch einiges beibringen. Ich habe keine Lust, nach Hause oder sonst wohin zu gehen.«
»Was ist mit deinen Eltern?«, fragte Sanna ruhig.
Jeans machte eine wegwerfende Geste. »Ich komme auch ganz gut ohne die beiden klar.« Sie lachte. »Und außerdem bin ich doch bei meinem Vater.«
Faghun musterte Jeans eine Weile, dann stand er auf. »Jeans, komm mit. Wir üben noch ein bisschen«, sagte er lächelnd.
»Du hast doch gesagt, wir wären fertig«, meinte Jeans verwundert, folgte ihm aber. Der alte Krieger blieb am Rande des Kampfkreises stehen, ohne seine Schwerter zu ziehen. Stattdessen sah er ernst auf Jeans herunter und sprach leise auf sie ein.
»Das sieht nicht gerade nach Kampftraining aus«, erklärte Art.
»Ich glaube, ich weiß, worüber sie reden«, meinte Sanna. »Wenn Jeans Faghun erzählt hat, wo wir herkommen, weiß er auch von ihren echten Eltern. Und wie ich ihn einschätze, wird er nicht tatenlos mit ansehen, wie Jeans ihre Alten vergisst.«
Tatsächlich kehrten die beiden bald wieder zurück und Jeans sah ihre Freunde düster an. »In Ordnung«, sagte sie nur grimmig. »Wir fahren nach Thebul.«
»Alles klar«, nickte Phillo. »Wann wollen wir aufbrechen?«
»Morgen früh reitet ein Bote nach Bardalar«, meinte

Faghun. »Er wird sich sicher über eure Begleitung freuen. Außerdem kennt ihr euch in der Stadt schon ein bisschen aus. Für uns ist das Ganze ja noch recht neu.«
Die Freunde sahen sich grinsend an. Die Khuzum hatten bis vor kurzem ihr Dasein in der Wüste als wandernde Räuber gefristet. Nun hatte ihnen der König das Land des untreuen Fürst Mahoud überlassen und sie mussten sich erst einmal in ihrer neuen Rolle als treue Untertanen des Königs zurechtfinden.
»Warum nicht?«, meinte Sanna. »Ich bin mal gespannt, wann wir ein Schiff nach Thebul finden.«
»Im schlimmsten Fall bleiben wir eben ein paar Tage in Bardalar«, sagte Phillo schulterzuckend und warf Jeans einen verstohlenen Blick zu. Ihr Gesicht war verschlossen. Es passte ihr offensichtlich überhaupt nicht, von ihrem Volk wegzugehen. Aber sie hatte wohl auch nicht vor sich den Wünschen Faghuns zu widersetzen.
An diesem Abend aßen sie noch einmal mit Faghun zusammen. Außerdem gesellte sich noch die alte Frau zu ihnen, die alle Khuzum nur Mutter nannten und die so etwas wie eine Anführerin des Wüstenvolkes war. Dazu saßen sie in einem der prachtvollen Räume der Festung, die vor einigen Wochen noch dem Verräter Mahoud gehört hatte. »Bisweilen sehne ich mich nach der guten alten Zeit«, meinte die Mutter lächelnd. »Seit der König uns dieses Land gegeben hat, habe ich gar keine Ruhe mehr. Die ganze Zeit gibt es Streitigkeiten mit den Parthaks, die schon unter Mahoud hier gelebt haben.

Besonders die Leute im Norden und an der Küste sträuben sich dagegen, ihre Besitztümer zu teilen.«

»Eigentlich ganz verständlich«, brummte Jeans. »Kein Mensch gibt gerne was her.«

»Aber ihre Vorfahren haben uns dieses Land vor langer Zeit geraubt und unsere Ahnen gnadenlos verfolgt«, sagte Faghun. »Und im Gegensatz zu diesen Räubern wollen wir sie gar nicht vertreiben, sondern lediglich mit ihnen zusammen leben. Besonders der Norden ist reich genug, um alle zu ernähren.«

»Mit der Zeit werden unsere neuen Freunde schon verstehen, dass wir ihnen nichts Böses wollen«, vermutete die Mutter. »Aber nun zu euch: Warum reist ihr eigentlich ab? Ich hätte mich gerne noch ein wenig mehr mit euch unterhalten.«

Die vier Freunde sahen sich verlegen an. »Wir haben König Larson versprochen in diesen Tagen nach Thebul zurückzukehren«, erwiderte Sanna ruhig. »Das heißt, wir sind im Grunde schon um etliche Tage zu spät.«

Die Mutter runzelte die Stirn. »Aber wenn Jeans bei uns bliebe, hätte König Larson doch sicher Verständnis«, erwiderte sie. »Ich muss sagen, dass mir ihr Weggehen nicht gefällt, nachdem sie eben erst ihren Vater gefunden hat.« Sie warf Faghun ein warmes Lächeln zu. »Das Licht deiner Augen hat mir in den letzten Wochen viel Freude bereitet.«

Der alte Krieger lachte leise. »Ich danke dir für deine Sorge um mich, Mutter. Aber ich selbst habe Jeans befohlen ihre Freunde zu begleiten. Auch wenn es schwer ist, weiß ich doch, dass sie ohne ihre Freunde hier auf Dauer nicht glücklich wäre. Jeans hat ihren Platz in meinem Herzen, aber sie war nie nur ein Kind der Wüste.«

»Du erinnerst dich bis heute nicht daran, wo du geboren wurdest?«, wandte sich die Alte an Jeans.

»Zumindest nicht, wo dieser Körper herkommt«, erwiderte Jeans gezwungen lächelnd. Sie hatte der Mutter vor einiger Zeit erzählt, dass sie ihr Gedächtnis verloren hätte und ihre Erinnerung erst zu dem Zeitpunkt einsetzte, an dem sie in Thebul aufgewacht war.

»All dies gibt mir immer noch Rätsel auf«, seufzte die Greisin und sah die anderen an. »Euer Auftauchen in diesem fremden Land, eure Abenteuer und nun dies hier – aber ihr habt uns zuletzt doch zu unserem Recht in unserem Land verholfen.« Ein Grinsen stahl sich auf ihr runzeliges Gesicht. »Bis ihr mir etwas anderes beweist, nehme ich also einfach an, dass das Licht euch gesandt hat, um uns beizustehen.«

»Zu viel der Ehre«, lachte Sanna. »Trotzdem danke für die Blumen.«

Die Alte nickte. »Aber wie dem auch sei, ich sehe ein, dass unsere Heimat nicht unbedingt Jeans' Heimat sein muss.«

»Dennoch freue ich mich darauf, meine Tochter irgendwann wieder im Land des Lichts in die Arme zu schließen«, schloss Faghun das Thema ab. »Und nun solltet

ihr zu Bett gehen, sonst werdet ihr morgen in der Mittagshitze aufbrechen müssen.«
Während die vier Freunde zu ihren Zimmern im vorderen Teil des Palastes gingen, sagte Jeans kein Wort mehr. Sanna gab Phillo und Art ein Zeichen, sie nicht darauf anzusprechen. Wenn Jeans eingeschnappt war, war es meistens das Beste, sie einfach eine Weile in Ruhe zu lassen.
Mit einem gemurmelten »Gute Nacht« verschwanden alle hinter ihren Türen und kuschelten sich ein letztes Mal in ihre bequemen Betten. Sanna schauderte jetzt schon bei der Vorstellung, mehrere Tage lang nicht baden zu können. Und trotz des Luxus, der auf Khormuth, der Burg ihres Freundes Larson, herrschte, waren die Zimmer hier bei weitem prachtvoller. Vor allem die kleinen Schwimmbäder im Palast würde Sanna vermissen. Mit einem Grunzen bohrte sie ihren Kopf in das weiche Kissen und schloss die Augen. Wenigstens war das Wetter in Thebul um einiges erträglicher, denn hier in der Wüste war es zur Mittagszeit, als würde man im eigenen Saft geschmort werden.

Noch vor Sonnenaufgang wurden die Freunde von zwei Khuzum aus den Betten geworfen. Sie packten ihre wenigen Habseligkeiten rasch zusammen und brachten die Bündel in den Hof hinunter. Die Reitechsen standen schon gesattelt bereit, um sie nach Bardalar zu bringen. Die Mutter und Faghun waren ebenfalls da, um sie und den Boten zu verabschieden.

»Ich freue mich, dass ihr mich begleiten wollt«, erklärte der Bote grinsend.

»Ach, du bist das, Shatra!«, rief Phillo. Er hatte sich mit dem Khuzum in den vergangenen Tagen angefreundet und sich mit ihm immer wieder erbitterte Raufereien geliefert. Shatra war ein leidenschaftlicher Krieger und ihm ging nichts über einen guten Kampf – umso mehr bedauerte er es, dass Phillo sich nie zu einem Gang mit Schwertern überreden ließ.

»Die Mutter meinte, ich wäre der Richtige, um mich mit dem Anführer der Stadtgarde von Bardalar zu treffen. Sie wollen mit uns gemeinsam Verteidigungspläne ausarbeiten.«

»Verteidigungspläne?«, fragte Art verwundert. »Gegen wen?«

»Späher haben gemeldet, dass die Wilden aus dem Norden südwärts ziehen«, meinte der Khuzum achselzuckend. »Im Zweifel wäre wohl Bardalar ihr erstes Ziel und bis jetzt stehen nur wir zwischen ihnen und der Stadt.«

»Was ist mit Jayla?«, erkundigte sich Sanna verwundert. »Sie ist doch die Anführerin der Krieger.«

»Jayla ist mit den Parthaks an der Küste beschäftigt«, erklärte die Mutter. »Shatra wird sie gut vertreten. Und denke daran, Shatra – wir haben dem König den Treueeid geschworen.«

»Das werde ich nicht vergessen, Mutter«, nickte der Krieger. »Also, Freunde, brechen wir auf.«

»Ihr seid uns jederzeit willkommen«, stellte die Greisin fest und musterte die vier freundlich. »In unserem Zelt ist immer ein Platz für euch.«
»Danke, Mutter«, rief Art fröhlich und kletterte auf seine Echse. Das Tier begrüßte ihn mit einem leisen Schnauben. »Wir werden euch wieder besuchen kommen, versprochen.«
»Das werden wir«, stimmte Sanna zu und schwang sich ebenfalls auf den Rücken ihres Tieres. »Eines Tages«, fügte sie leise hinzu und warf Jeans einen verstohlenen Blick zu. Ihre Freundin hatte bis jetzt noch kein Wort gesagt und ihre Miene war genauso verschlossen wie am Abend zuvor.
Dann trat Faghun neben Jeans und reichte ihr ein längeres Bündel. »Dies ist für meine Tochter«, sagte er lächelnd. »Einst habe ich es von meinem Vater bekommen. Nun gehört es dir.«
Jeans sah ihn ungläubig an und wickelte langsam die zwei schwarzen Schwerter des alten Kriegers aus. »Das kann ich nicht annehmen«, sagte sie fassungslos. »Das sind doch deine.«
»Sie haben mir lange genug gedient«, erklärte Faghun. »Ich bin jetzt alt genug, um sie weiterzugeben. Und glaube mir, es gibt keine größere Freude für einen echten Krieger, als seine Waffen an das eigene Kind weiterzureichen. Benutze die Klingen mit Verstand und Ehre, denn dies sind die Waffen von unserem Urvater Crathar. In ihnen steckt seine Kraft und die aller unserer

Vorfahren. Ihrem Urteil wirst du dich eines Tages stellen müssen, wenn du den Pfad des Lichts gehst.«
»Werden wir uns denn wieder sehen?«, fragte Jeans und ihre Augen glänzten feucht. »Wirst du noch da sein, wenn ich wiederkomme?«
»Das will ich hoffen«, lachte Faghun und legte seine Hände auf Jeans' Schultern. »Möge das Licht dir den Weg weisen, Tochter.«
»Dir auch, Vater«, flüsterte Jeans, wandte sich ab und stieg in den Sattel.
Wenige Minuten später glitten die Reitechsen mit ihren Passagieren in völliger Stille durch den ewigen Sand der Wüste, während hinter ihnen das erste Sonnenlicht die Kuppeln des Palastes golden glänzen ließ. Jeans' Hände wanderten immer wieder zu den Schwertgriffen an ihrem Gürtel. Plötzlich wurde ihr bewusst, welches Gewicht sie da mit sich herumschleppte. Immerhin waren die Waffen das Erbe ihres Geschlechts und nach Faghun war sie der letzte Nachfahre Crathars. Doch nach dem ersten Schrecken überwog schließlich der Stolz darauf, dass Faghun sie für würdig hielt dieses Erbe anzutreten. Und heimlich schwor sie sich ihrem Vater und seinem Geschlecht immer Ehre zu machen.
Am späten Nachmittag erreichten sie schließlich Bardalar. Schon eine ganze Weile vorher hing der salzige Geruch des Meeres in der Luft und die Freunde hielten ihre Echsen auf einem kleinen Hügel für einen Moment an, um den Anblick zu genießen. Nach Wochen inmit-

ten ewiger Dünen wirkte das tiefblaue Meer jenseits der Stadt für ihre Augen wie ein Wunder.
Sanna fuhr sich mit dem Unterarm über die nasse Stirn und stieß einen erleichterten Seufzer aus. »Gott, ist das schön«, rief sie. »Seht euch die Schiffe an und die Wellen!«
»Bin mal gespannt, ob wir eins finden, das nach Peruga fährt«, brummte Phillo.
»Vielleicht können wir ja wieder eine Passage bei diesem verfluchten Prankmer buchen«, lachte Art.
»Wenn ich seine Betrüger-Fresse noch mal sehe, kann ich für nichts garantieren«, grollte Phillo.
»Nachdem Phillo ihn so zugerichtet hat, glaube ich nicht, dass der Mistkerl erfreut wäre uns zu treffen«, vermutete Jeans böse grinsend.
»Auf jeden Fall können wir uns von seiner Kohle eine schöne Überfahrt leisten«, gab Sanna zu bedenken. »Und jetzt macht mal hin, ich habe Hunger!«
Einige Minuten später erreichten sie das Stadttor und brachten die Echsen vor den Wächtern zum Stehen.
»Ich bin Shatra, aus dem Geschlecht von Thrajar, und ein Gesandter der Khuzum«, rief Shatra ihnen entgegen.
Der älteste Wächter nickte. »Wir haben Euch erwartet, Shatra«, erklärte er. »Seid willkommen in Bardalar. Mein Kommandant hat mir den Befehl gegeben, Euch zu ihm zu führen.« Er musterte die vier Freunde durchdringend. »Seid ihr diejenigen, die den verfluchten Mahoud gestürzt haben?«

»Das sind sie«, erwiderte Shatra an ihrer Stelle.
»Ich grüße Euch«, nickte der Soldat mit versteinerter Miene. »Seid ebenfalls willkommen in unserer Stadt. Werdet Ihr Shatra begleiten?«
»Nein, wir wollen ein Schiff nach Thebul finden«, meinte Sanna kopfschüttelnd. »Aber um unsere Tiere müsste sich jemand kümmern. Shatra wird sie wieder mitnehmen.«
»Sind sie gefährlich?«, wollte ein jüngerer Soldat vorsichtig wissen.
»Nein, bestimmt nicht«, lachte Jeans. »Sie tun niemandem etwas zu Leide.«
»Dann lasst sie einfach hier draußen«, sagte der Kommandant. »Ich werde jemanden anweisen sich um die Tiere zu kümmern.«
Die vier glitten aus den Sätteln ihrer Echsen und gaben ihnen einen Klaps zum Abschied. Mit ihren Bündeln über der Schulter folgten sie dem Soldaten durch das Tor und marschierten die Straße hinunter, die zum Hafen führte. Am großen Marktplatz in der Mitte der Stadt verabschiedeten sie sich herzlich von Shatra, der allerdings ein wenig abgelenkt und nervös wirkte. Sogar dieser selbstbewusste Krieger wurde von der lärmenden Menschenmasse eingeschüchtert, die sich in gebührendem Abstand an ihnen vorbeidrängte und die Freunde mit neugierigen und manchmal auch feindseligen Blicken verfolgte.
»Und vergesst nicht meinem Vater noch einen schönen

Gruß zu sagen«, schloss Jeans das Gespräch endlich ab. »Möge das Licht dir den Weg weisen, Shatra.«
»Ich danke dir, Jeans, Tochter von Faghun«, erwiderte Shatra ernst. »Das Licht sei mit euch, meine Freunde. Ich freue mich darauf, euch bald wieder zu sehen. Gute Reise.«
Damit wandte sich der Krieger von ihnen ab und folgte dem Soldaten. Die Freunde sahen sich kurz um und wanderten dann weiter in Richtung Hafen. Phillo stapfte vor ihnen her und bahnte ihnen einen Weg durch die Menge.
»Das letzte Mal war es doch noch nicht so voll hier«, brummte Jeans.
»Könnte sein, dass es mit der neuen Situation im Land zusammenhängt«, überlegte Sanna. »Es war ja wohl kein Geheimnis, dass die politische Lage hier brenzlig war. Ist auch bei uns zu Hause so, oder? Du fährst doch nirgendwohin, wo es jeden Moment krachen kann.«
»Möglich«, gab Jeans schulterzuckend zu. »Dieses Gedrängel geht mir trotzdem auf die Nerven.« Sie fuhr herum. »Art, hör endlich auf mir dauernd in die Hacken zu latschen!«
»Wenn du so trödelst!«, maulte Art. »Sind wir noch nicht da? Ich sehe überhaupt nichts.«
»Frag doch mal Phillo, ob er dich auf die Schultern nimmt«, schlug Sanna vor und drehte sich grinsend nach ihm um.
»Du bist eine blöde . . .«, begann Art wütend, als plötz-

lich die Menge um sie herum in heftige Bewegung geriet. Menschen stießen aufgeregte Schreie aus, als ein etwa dreißigjähriger Mann mit blonden Haaren und totenbleichem Gesicht zwischen ihnen hindurchstürzte und gegen Sanna prallte. Er starrte sie mit weit aufgerissenen Augen an. »Ihr seid eine Elhaîn!«, stieß er hervor.
»Weg da, verdammt!«, brüllte Phillo, als die Beine des Fremden nachgaben und er Sanna unter sich begrub. Aus seiner Hand fiel ein etwa zwei Meter langer Stab, der in braunes Leder gewickelt war.
»Helft mir!«, keuchte Sanna und versuchte den Mann von sich herunterzurollen. Phillo und Jeans packten den Fremden an den Armen und zerrten ihn zur Seite. Reglos blieb er neben Sanna auf dem Rücken liegen. Nur seine Augenlider flatterten und sein Gesicht verzog sich vor Schmerz.
»Was ist denn das für ein Typ?«, rief Art und kniete neben ihm nieder. »Hey, er ist verletzt!«
Die anderen erstarrten und betrachteten den großen Blutfleck auf dem Hemd über dem Bauch des Mannes. Seine rechte Hand suchte zitternd den Boden neben ihm ab und schloss sich zuletzt so fest um den Stab, dass die Knöchel weiß hervortraten.
»Wir brauchen einen Arzt!«, rief Sanna den Leuten zu, die mittlerweile einen weiten Kreis um sie gebildet hatten und verwundert glotzten. Niemand machte Anstalten, sich zu rühren. »Verflucht, der Mann ist verletzt!«, schrie sie noch einmal.

Kaum war ihr Schrei verhallt, als ein Mann mit einem blanken Schwert in der Hand aus der Menge hervorbrach. Er trug weite schwarze Kleider und ein Tuch wie eine Kapuze über dem Kopf. Seine dunklen Augen blitzten unter den buschigen Brauen hervor, als er sich hektisch umsah.

»Der war's«, stellte Jeans knurrend fest, zog ihre Schwerter und stellte sich zwischen ihre Freunde und den Angreifer. Phillo trat neben sie und breitete herausfordernd die Arme aus.

»Na, komm schon«, grollte er. Seine Augen glommen in bösem Gelb und Jeans ließ ihre schwarzen Klingen mit leisem Zischen durch die Luft gleiten.

Einen Augenblick lang überlegte der Mann, ob er angreifen sollte. Doch dann drehte er sich auf den Hacken um und sprang durch die Menge davon, die ihm bereitwillig eine Gasse öffnete. Schon wollte Phillo ihm folgen, als Jeans ihn zurückrief.

»Wir brauchen dich hier, lass ihn!«. schnaubte sie und steckte ihre Schwerter zitternd wieder in die Scheiden. Insgeheim sandte sie ein Stoßgebet gen Himmel. Sie hatte wirklich keine Lust gehabt, sich mit diesem Fremden einen Kampf zu liefern. Denn im Gegensatz zu ihrem Vater hätte der einen gelungenen Streich bestimmt nicht im letzten Moment abgefangen.

»Das war toll!«, rief Art und sprang begeistert auf sie zu. »Der hatte die Hose voll!«

»Nicht nur der«, ächzte Jeans. »Was ist mit dem Typen?«

»Ich glaube, er stirbt«, meinte Sanna leise. Sie hatte den Kopf des Fremden in ihren Schoß gebettet und strich ihm das verschwitzte blonde Haar aus dem Gesicht. »Ich glaube, da käme selbst ein Notarzt zu spät.«
»Wo kommt er wohl her?«, überlegte Art. »Der ist doch nicht von hier, oder?«
»Woher kommt Ihr?«, fragte Sanna eindringlich. »Warum hat der Mann Euch verwundet?«
Die Lippen des Sterbenden zitterten und seine Augen rollten unter den halb geschlossenen Lidern umher. »Tarnus«, wisperte er. »Bringt . . . den Stab . . . zu Tarnus . . . nach Shalaan . . .«
»In Ordnung«, versprach Sanna beruhigend. »Wir sorgen dafür.«
»Danke«, stieß der Mann hervor. Seine Hände fingerten an einer Tasche seines Gürtels herum. »Nehmt . . . das Geld . . . bitte.«
Damit gab er ein lang gezogenes Stöhnen von sich, und seine Brust senkte sich zum letzten Mal. Sanna spürte förmlich, wie die Seele des Mannes seinen Körper verließ.
»Das war's wohl«, sagte sie leise, schob den Kopf des Toten sanft von ihrem Schoß und stand wankend auf. »Armer Teufel.«
»Ist er hin?«, erkundigte sich Art neugierig.
»Sehr feinfühlig«, schnaubte Jeans. »Scheint so, ja.«
»Und jetzt?«, fragte Phillo und betrachtete nachdenklich den Stab in der Hand des Mannes. »Sanna, was hat er noch mal gesagt?«

»Dass wir den Stab jemandem bringen sollen«, erklärte Sanna und wischte sich über die feuchten Augen. »Einem Tarnus in Shalaan.«
»Moment«, rief Art. »Das war doch diese Stadt, von der Ulrik und Larson manchmal geredet haben, oder?«
»Richtig«, stimmte Jeans heftig zu. »Hat Ulrik nicht gesagt, dass dort alle Rassen dieser Welt zu finden sind?«
»So was Ähnliches«, nickte Phillo. »Er hat gemeint, dass wir vielleicht dorthin reisen sollten, um etwas über unsere Völker zu erfahren.«
»Na ja«, seufzte Jeans. »Was mich betrifft, hat er sich geirrt.«
»Das heißt aber noch nicht, dass das auch für uns gilt«, stellte Sanna klar und beobachtete Art, wie er den Stab aus der Hand des Toten zerrte. »Jetzt möchte ich erst mal wissen, was eigentlich unter dem Leder steckt.«
»Aber nicht hier, oder?«, meinte Jeans und sah sich nach der Menge um, die die vier Freunde immer noch unter ständigem Geraune beobachtete. »Wir sollten sehen, dass wir verschwinden. Vielleicht hat ja der Kerl mit dem Schwert noch Freunde, die hier gleich auftauchen.«
»Guter Gedanke«, nickte Phillo und riss Art den Stab aus der Hand, bevor er ihn auspacken konnte. »Gedulde dich noch einen Augenblick, verdammt! Wir hauen erst mal ab.«
»Und die Leiche?«, gab Sanna zu bedenken. »Wollen wir den armen Kerl einfach so liegen lassen?«
»Ich vermute, er hat nichts dagegen«, sagte Jeans. »Sei-

ne Sorge war wohl eher, dass diesem Stab nichts zustößt. Um ihn werden sich schon die Wachen kümmern. Nachdem sie bis jetzt noch nicht aufgetaucht sind, sollen sie wenigstens aufräumen. Also lass uns gehen.«
Sanna nickte hilflos und sie setzten ihren Weg zum Hafen hinunter fort. Die Menschen machten ihnen bereitwillig Platz und folgten den vier Freunden mit Blicken, bis sie außer Sicht waren. Je weiter sie sich vom Markt in der Stadtmitte entfernten, desto weniger dicht wurde das Gedränge auf den Straßen. Schließlich erreichten sie den Hafen und sahen sich um. Sanna hatte anscheinend Recht gehabt, was ihre Überlegungen zu den Menschenmassen betraf. Die Anzahl der Schiffe, die an den Kais lagen, hatte sich in den letzten Wochen mindestens verdoppelt. Bardalar erlebte offensichtlich einen gewaltigen Aufschwung als Handelsstadt und platzte nun aus allen Nähten.
»Ich vermute fast mal, dass wir hier ein Schiff finden, das nach Thebul fährt«, erklärte Jeans.
»Wahrscheinlich«, stimmte Sanna zu. »Bloß bin ich mir gar nicht mehr sicher, ob wir ein Schiff brauchen, das nach Thebul geht.«
»Ach, komm«, ächzte Phillo. »Das meinst du doch nicht ernst, oder?«
»Ich habe es ihm versprochen«, erwiderte Sanna und zuckte unbehaglich die Schultern. »Wenn ich es jetzt nicht mache, dann kann ich die nächste Zeit nicht mehr schlafen.«

»Und wenn es ein irrsinniger Umweg ist?«, gab Jeans zu bedenken. »Wir haben doch keine Ahnung, wo dieses Shalaan liegt.«
»Na und?«, fragte Art aufgeregt. »Überlege mal, wir wären doch früher oder später sowieso dahin gefahren. Ich bin dafür!«
Sanna sah Phillo und Jeans an. Phillo zuckte schließlich die Schultern. »Von mir aus«, brummte er. »Zumindest können wir uns mal schlau machen, wie weit es weg ist.«
»Das kostet uns nichts«, gab Jeans zu. »Also, suchen wir nach einem Schiff.«
»Cool!«, rief Art und hopste aufgeregt von einem Bein aufs andere. »Wir fahren nach Shalaan!«

SHALAAN? Hm, das sind vielleicht vier Tage, wenn Ihr nicht gerade mit meinem alten Kahn fahrt«, erklärte der Kapitän freundlich und deutete auf das Frachtschiff hinter ihm, ohne seinen Blick von Sanna losreißen zu können.

»Und wie lange fahren wir von Shalaan nach Peruga?«, fragte Jeans etwas säuerlich. Sie hatte sich noch nie so recht damit abfinden können, dass Sanna auf Männer so eine überwältigende Wirkung hatte.

»Das ist quer über den ganzen Teich«, meinte der Schiffer und kratzte sich am Kopf. »Lass es sechs Tage sein, vielleicht auch nur fünf.«

Phillo rechnete kurz nach. »Mit anderen Worten, wenn wir für zwei Tage in Shalaan bleiben, kostet uns der Umweg gerade mal acht Tage. Vier Tage wären wir ja sowieso unterwegs.«

»Damit solltet Ihr hinkommen«, nickte der Mann. »Wenn Ihr genug Zeit für die Reise und Geld für eine schnelle Passage habt, solltet Ihr Euch an Siky wenden. Gestern hat sie mir erzählt, dass sie morgen früh nach Shalaan aufbrechen will.«

»Und wo finden wir diese Siky?«, fragte Sanna mit dankbarem Lächeln.

Der Schiffer deutete den Hafen hinunter. »Von hier aus

das sechste Schiff, etwas größer und schmaler als meine Dicke hier. Es ist die *Seekatze,* nicht zu übersehen. So, und jetzt muss ich mich um meine Fracht kümmern, Freunde.«

»Wir danken Euch«, nickte Phillo. »Und gute Fahrt.«

»Gern geschehen«, nickte der Mann. »Und auch Euch eine gute Fahrt.«

»Wann schauen wir denn endlich mal nach, was das für ein blöder Stab ist?«, rief Art genervt, während sie sich dem Schiff näherten, das ihnen der Kapitän gezeigt hatte.

»Erst wenn uns keiner zuschauen kann, verdammt!«, schnaubte Jeans. »Und jetzt hör bitte auf immer wieder an dem Leder herumzufummeln!«

»Das muss es sein«, brummte Phillo und entfernte den Stab aus der Reichweite von Arts neugierigen Fingern. »Da steht es ja: *Seekatze.* In Ordnung, jetzt müssen wir noch die Chefin finden.«

Die Freunde blickten an dem schlanken Frachter empor. Am Bug war als Galionsfigur eine schwarze Katze montiert, die gerade einen Sprung machte. Der Rumpf war in strahlendem Blau angestrichen und wirkte genau wie die Takelage und der Heckaufbau neu und gepflegt.

»Sieht eigentlich recht nett aus«, stellte Sanna fest. »Nicht wie der Pott, mit dem wir hergekommen sind.«

»Ich wäre schon mit einem anderen Schiffer zufrieden«, brummte Jeans. »Vielleicht einer, der uns einfach nur ans Ziel bringt, ohne uns auszurauben und so.«

»Wer hat Euch denn ausgeraubt?«, fragte eine fremde Stimme amüsiert hinter ihr. Die Freunde wandten sich um und betrachteten misstrauisch die Frau, die sich in das Gespräch eingemischt hatte.
Sie mochte etwa vierzig Jahre alt sein. Ihr tiefbraunes Gesicht war von tiefen Furchen durchzogen und ihr blondes Haar so gebleicht von Salz und Sonne, dass man nicht erkennen konnte, ob es schon weiß wurde oder nicht. Die grünen Augen blitzten belustigt, als sie die Freunde musterte. Ihre Kleider waren durchwegs von einem verwaschenen Schwarz und an ihrer Seite baumelte ein kleines Schwert.
»Der Mistkerl, der uns nach Bardalar brachte«, erklärte Jeans schließlich und grinste. Die Schifferin war ihr auf Anhieb sympathisch. »Seid Ihr Siky?«
»Die bin ich«, nickte die Frau. »Ihr braucht ein Schiff nach Shalaan?« Die Freunde nickten. »Dann seid Ihr bei mir richtig. Die Frage ist, ob Ihr Euch mein Schiff leisten könnt.«
»Das hängt vom Preis ab, schätze ich«, gab Sanna zurück. Das forsche Gehabe der Frau ging ihr ein wenig auf die Nerven.
»Ich verlange fünfzehn Mark pro Kopf«, erklärte Siky und zog herausfordernd die Stirne kraus. »Fünf davon jetzt gleich, den Rest bei Ankunft. Ihr werdet alle in einer Kabine schlafen müssen.«
»Für unsere letzte Fahrt haben wir zwanzig gezahlt«, lachte Jeans leise. »Und das war auf Deck! Ich glaube,

wir können noch eine Menge über die Preise in dieser Welt lernen. Verflucht, hat uns der Kerl abgezockt!«

»Das scheint mir in Ordnung zu sein«, nickte Sanna widerwillig. Auch wenn die Frau ihr nicht gerade angenehm war, musste sie zugeben, dass Siky wohl keine Betrügerin war. »Wann können wir an Bord?«

»Sobald ihr wollt. Wir übernehmen noch den Rest der Ladung und fahren morgen früh ab – mit oder ohne Euch.«

»Wunderbar«, nickte Phillo. »Dann lassen wir doch unsere Sachen schon mal hier, gehen noch etwas essen und kommen dann zum Schlafen an Bord.«

»In Ordnung. Ich zeige Euch die Kabine«, nickte die Frau und ging über das Fallreep voraus.

Die Kabine war nicht besonders groß, aber zumindest zum Schlafen war genug Platz und die Strohmatratzen sahen sauber und weich aus. Erleichtert warfen die Freunde ihre Bündel in eine Ecke und schlossen dann die Türe hinter sich.

»Na endlich!«, brummte Art und begann an den Schnüren des Stabes zu zerren. Nach kurzer Zeit fiel das Leder zu Boden und die vier keuchten erstaunt auf.

»Das sieht ja geil aus!«, meinte Jeans und ließ ihre Finger über den Stab gleiten. Er war aus glänzendem Silber gefertigt, in das feine, verschlungene Muster geätzt waren. Die hauchdünnen Linien schienen sich dem Auge des Betrachters immer wieder zu entziehen. Ein Kichern entfuhr Art, als er feststellte, dass er seinen Blick nirgends auf dem Stab halten konnte. Wohin er auch sah, die Linien lenkten seine Augen sofort zu einer anderen Stelle.

»Ziemlich seltsam«, meinte Phillo, während Sanna wie versteinert dastand und den Stab anstarrte. »Hat jemand 'ne Ahnung, wozu dieses Ding gut sein soll?«

»Vielleicht, um jemandem eins überzuziehen?«, vermutete Art und wog ihn in den Händen. »Ist aber eigentlich zu unhandlich und schwer dafür, oder?«

»Ich habe euch doch von dem Kampfstab erzählt, den Zhisstar mir gezeigt hat, oder?«, fragte Phillo. »Er hat gesagt, dass alle Khoganer so einen Stab hätten. Aber sein Kampfstab war viel schmaler als das Ding hier. Nein, ich glaube nicht, dass es eine Waffe ist.«

»Auf alle Fälle ist dieser Typ für das Ding gestorben«, erinnerte sich Jeans. »Es muss also schon mehr sein als das bisschen Silber.«

Phillo runzelte die Stirn. »Wenn wir in Shalaan sind, sollten wir uns genau überlegen, was wir diesem Tran. . .? Wie heißt er?«

»Tarnus«, warf Sanna ein.

»Genau, was wir diesem Tarnus erzählen. Ich habe das Gefühl, dass man sich mit dem Schmuckstück hier ganz schön Ärger einhandeln kann.«

Schweigend betrachteten alle den seltsamen Fund in Arts Händen.

»Ich glaube, wir sollten ihn wieder einpacken«, meinte Sanna schließlich nervös. Sie stellte fest, dass ihr der

Stab wirklich unheimlich war. Wenn es nicht unmöglich gewesen wäre, hätte sie gedacht, dass er sie anstarrte. »Mir ist nicht ganz wohl bei der Sache«, erklärte sie und lächelte gezwungen, als die anderen sie fragend ansahen. »Bitte, Art, pack ihn wieder ein. Und dann lass uns was essen gehen, okay?«

»Ich will ihn nur noch ein bisschen anschauen«, maulte Art. »Das Ding ist doch echt schön.«

Jeans warf Sanna verstohlen einen Seitenblick zu. Die zitterte sogar unmerklich und hatte die Arme um den Leib geschlungen, als wäre ihr kalt. »Du hast doch auf See genug Zeit, um ihn zu untersuchen«, meinte Jeans nach kurzem Überlegen beiläufig. »Und ich sterbe vor Hunger. Also pack ihn ein und komm.«

Mit einem Schulterzucken wickelte Art den Stab wieder ein und schob ihn in den Spalt zwischen eine der Matratzen und der Wand. »Da sollte er sicher sein«, meinte er.

»Besser, als ihn mit uns herumzuschleppen«, stimmte Jeans zu und die vier Freunde gingen von Bord, um sich eine Gaststube für das Abendessen zu suchen.

Es war nicht ganz einfach, in einer der völlig überfüllten Tavernen einen Platz zu finden. Doch nach einer halbstündigen Suche konnten sie sich schließlich ein gewaltiges Mahl bestellen und auf eine gute Reise anstoßen. Phillo und Jeans gönnten sich einen Rakhan, eine Art Gewürzwein, während sich Sanna und Art mit einem Krug Wasser begnügten. Sie hatten schon bei ihrem ersten Aufenthalt in dieser Welt festgestellt, dass ihre Körper recht seltsam auf Alkohol reagierten, und seitdem die Finger davon gelassen. Gemeinsam verzehrten sie eine riesige Platte Hammelbraten und plauderten über das, was sie in Shalaan erwarten mochte.

Nach etwa zwei Stunden spazierten sie zurück zur *Seekatze* und kuschelten sich in ihre Betten. Sanna passte genau auf, dass sie die Matratze bekam, die am weitesten von der mit dem Stab dahinter entfernt war. Das schaurige Gefühl war zwar mittlerweile verschwunden, aber trotzdem wollte sie unter allen Umständen vermeiden den Stab im Schlaf versehentlich zu berühren.

Müde wünschten sich die Freunde eine gute Nacht und fielen in tiefen Schlummer.

Als Art am nächsten Morgen erwachte und aus dem kleinen Fenster ihrer Kabine blinzelte, waren sie bereits in See gestochen und die Hafenmauern von Bardalar verschwanden hinter ihnen am Horizont.

Eine Weile betrachtete Art das Schäumen des Kielwassers hinter der *Seekatze*, doch dann wurde es ihm schnell zu langweilig. Leise schlüpfte er aus der Kabine und kletterte an Deck. Obwohl es noch recht früh war, schien die Sonne schon so heiß, dass die Matrosen allesamt nur mit einer kurzen, dünnen Hose bekleidet ihren Arbeiten nachgingen.

Siky stand auf dem Achterdeck und sah ruhig auf die See vor ihnen hinaus, gemütlich auf die Reling gelehnt. Als Art die kleine Leiter zu ihr emporkletterte, nickte sie

ihm lächelnd zu. »Guten Morgen, Lherram, habt Ihr gut geschlafen?«
»Hervorragend«, erwiderte Art. »Vor allem war es endlich mal nicht mehr so schrecklich heiß.«
»Das höre ich nicht zum ersten Mal, wenn jemand aus Bardalar kommt«, lachte die Frau. »Ich hasse diese Hitze. Leider muss ich immer wieder dorthin zurück, um meine Frachträume zu füllen.«
»Was bringt Ihr denn für eine Fracht nach Shalaan?«, erkundigte sich Art neugierig.
»Gewürze«, erklärte Siky knapp. »Damit verdiene ich normalerweise mein Geld. Ich kaufe in Bardalar Gewürze ein und liefere sie in alle möglichen Städte rund um das Fallay-Meer. Ihr hattet Glück, dass ich gerade jetzt nach Shalaan musste.«
»Allerdings«, stimmte Art fröhlich zu und sah sich um. »Ist ein echt hübsches Schiff, das Ihr da habt. Sieht alles so schön gepflegt aus.«
Siky lachte leise auf. »Ist nicht ganz einfach, es so gepflegt zu halten«, meinte sie. »Ich bin nur froh, dass sich die Lage in Juwar mittlerweile beruhigt hat, seit der König wieder fest im Sattel sitzt. In den letzten Wochen habe ich mich nicht getraut Bardalar anzulaufen. Mein Vater hat einmal ein Schiff bei solchen Unruhen verloren, nur weil er zur falschen Zeit im falschen Hafen war. Ich hatte nicht vor die *Seekatze* auf dieselbe Weise loszuwerden. Aber so langsam ging auch mein letztes Geld zur Neige.«

»Warum habt Ihr nicht einfach mit etwas anderem gehandelt?«
»Im Laufe der letzten Jahre hatte ich nur noch Kontakte zu Gewürzhändlern«, erwiderte die Schifferin achselzuckend. »Es ist praktisch unmöglich, in wenigen Wochen neue Partner zu finden.« Sie blickte auf das Deck hinunter. »Sieh da, Euer Freund ist auch wach. Ich muss sagen, Ihr habt alle einen gesunden Schlaf.«
»Vor allem Sanna«, lachte Art. »Die könnte den ganzen Tag schlafen, wenn man sie nicht wecken würde.«
»Ihr meint die Elhaîn?«
»Genau die«, nickte Art und winkte Phillo zu, der sich suchend umsah. »Kennt Ihr eigentlich noch andere Elhaîn?«, fragte er, einem plötzlichen Einfall folgend.
»In Shalaan habe ich schon ein paar gesehen, als ich vor drei Jahren dort war«, nickte Siky. »Will Eure Freundin dort Verwandte besuchen? Oder Ihr?«
»Was?«, entfuhr es Art. »Es gibt Lherram in der Stadt?«
»Natürlich«, nickte sie verblüfft. »Wusstet Ihr das nicht? Woher kommt Ihr denn?«
Am liebsten hätte sich Art den Mund zugehalten. »Das ist eine lange Geschichte«, meinte er hastig und kletterte schnell vom Achterdeck zu Phillo hinunter. »Guten Morgen«, begrüßte er seinen großen Freund.
»Morgen«, gähnte Phillo. Seine Furcht erregenden Zähne blitzten im Sonnenlicht. »Und? Wie ist unsere Frau Kapitän so?«
»Echt okay«, meinte Art hektisch. »Sie hat mir gerade

erzählt, dass es in Shalaan tatsächlich andere Lherram und Elhaîn gibt!«
»Hm«, brummte Phillo. »Khoganer auch?«
»Weiß ich nicht«, erwiderte Art ungeduldig. »Aber verdammt, jetzt werden Sanna und ich auch endlich mal ein paar Leute aus unseren Völkern kennen lernen! Ist das nicht geil?«
»Doch, super«, brummte Phillo. Er fühlte sich noch herrlich verschlafen und hätte am liebsten in Ruhe den sanften Wind und die warme Sonne genossen. Stattdessen hüpfte ein kleiner Affe um ihn herum und redete auf ihn ein. »Sag mal, willst du nicht die Mädels wecken, damit wir zusammen frühstücken können?«
»Gute Idee«, nickte Art und sprang die Treppe zu ihrer Kabine hinunter. Jetzt konnte er Sanna gleich von diesen irren Neuigkeiten berichten.
Kurze Zeit später saßen die Freunde in einem windgeschützten Winkel am Bug und löffelten einen süßen Getreidebrei aus Holznäpfen.
»Wir sind jetzt noch für vier Tage auf diesem blöden Schiff«, murmelte Sanna. »Da könntet ihr mich doch einfach mal ausschlafen lassen, oder?«
»Wir haben doch nur Angst, dass du irgendwann gar nicht mehr aufwachst«, lachte Phillo. »Außerdem regt sich kein Mensch auf, wenn ihr euch gleich wieder hinlegt.«
»Jetzt bin ich schon wach«, gähnte Jeans. »Ich wollte sowieso mit den Schwertern üben. Art, du hast dich doch

schon mit Siky unterhalten. Was hat sie denn sonst noch erzählt?«

»Wir haben ein bisschen über ihr Schiff und so geredet«, meinte Art. »Sie handelt mit Gewürzen und . . .« Plötzlich verstummte er und sprang auf, den Blick nach Osten gerichtet.

»Was hast du denn?«, fragte Phillo und stand ebenfalls auf.

»Dahinten!«, rief Art. »Seht ihr das da, am Himmel?«

Die anderen folgten mit den Blicken seinem ausgestreckten Arm und stießen ein Keuchen aus. In rasender Geschwindigkeit näherte sich vom Osten her dem Schiff ein riesiger Vogel. Das Tier glitt wenige Meter über den Wellen dahin und schnellte immer wieder in die Höhe, um dann erneut abzusacken, bis es fast das Wasser berührte. Die gewaltigen Flügel glänzten schwarz im Sonnenlicht, als es am Schiff vorbeischoss und es in einem engen Kreis umflog. Von der Schnabelspitze bis zum Schwanz war das Tier bestimmt einen guten Meter lang.

»Was ist das, verflucht?«, keuchte Jeans in das laute Sirren der Flügel hinein und zog unwillkürlich ihre Schwerter aus den Scheiden.

»Das Ding ist echt schön!«, stellte Art fest und kletterte eilig auf ein Fass, um den Vogel besser sehen zu können, der immer noch rund um das Schiff kreiste. »Sieht aus wie ein Rabe oder so.«

Die Matrosen hatten ihn nun auch bemerkt und zwei von ihnen begannen hastig damit, ihre Bögen zu spannen. Si-

ky stand auf dem Achterdeck und verfolgte mit gezogenem Schwert wachsam den Flug des unheimlichen Wesens. Als der Vogel zum dritten Mal an den Freunden vorbeiglitt, bremste er seinen Flug plötzlich ab und setzte sich auf die Reling. Mit Schaudern betrachteten die vier die riesigen grauen Greiffüße des Tieres und die großen rötlichen Augen über dem Furcht erregenden Schnabel.
»Wenn er näher kommt, schreie ich«, stellte Sanna fest und wich einen Schritt zurück, während Phillo sich schützend zwischen sie und das Monster stellte. Ihr lief ein Schauer über den Rücken. Sie hätte nicht erklären können, warum ihr dieses Monster so unheimlich war. Doch eine innere Stimme sagte ihr, dass dieses Tier mehr war als nur ein gewaltiger Vogel.
»Ihr wisst nicht zufällig, was Raben so fressen?«, erkundigte sich Art und hopste von seinem Fass herunter, um noch näher an die Reling zu treten. Er war völlig fasziniert von dem wunderschönen, riesigen Tier. Es legte den Kopf schief und sah ihn aus boshaft glitzernden Augen an.
»Verdammt, Art, bleib da bloß weg!«, fauchte Jeans und machte einen Satz nach vorne, um ihren kleinen Freund notfalls wegreißen zu können.
Doch in diesem Moment sprang das Biest vom Schiff weg, flatterte noch einen Augenblick auf der Stelle und ließ die *Seekatze* an sich vorbeigleiten, bevor es seinen Weg nach Westen fortsetzte. Nach einer Viertelstunde war es bereits nicht mehr zu erkennen.

Die Matrosen hatten sich mit gezückten Schwertern um die Freunde versammelt und das ganze Geschehen stumm verfolgt. Nachdem es so aussah, als ob das Wesen nicht mehr zurückkehren wollte, machten sie sich wieder an ihre Arbeit. Nur die Schifferin blieb bei den Freunden stehen und schob ruhig ihre Klinge in die Scheide zurück.

»Kann es sein, dass Ihr mir etwas erzählen solltet?«, fragte sie gelassen und musterte prüfend ihre vier Passagiere. »Was war das für ein Monster und warum war es so an Euch interessiert?«

»Das war ein Riesenrabe«, erklärte Art ernsthaft. »Ein großer Vogel.«

»Wir haben keine Ahnung, was das war«, fügte Sanna gereizt hinzu. Sie zitterte unmerklich am ganzen Körper. »Vielleicht war es nur hungrig und hat sich überlegt, ob wir der Mühe wert sind.«

»Ich fahre nun schon einige Jahre diese Route«, meinte die Schifferin mit zusammengekniffenen Augen. »Aber so etwas habe ich noch nie gesehen. Und ich habe den Verdacht, dass Ihr ein Geheimnis habt, das dies hier vielleicht erklären könnte.« Sie hielt kurz inne. »Wer verfolgt Euch?«

»Soweit wir wissen, verfolgt uns niemand«, gab Jeans wahrheitsgemäß zurück. »Und wir haben auch nichts getan, was einen Raben ärgern könnte.«

»Außerdem bin ich mir nicht sicher, dass er speziell an uns interessiert war«, fügte Phillo grollend hinzu. Tat-

sächlich wanderten seine Gedanken zu dem Stab, der hinter Arts Matratze klemmte. Konnte es nicht doch sein, dass dieses Wesen einen besonderen Grund für diesen Besuch gehabt hatte?
Schließlich machte Siky eine wegwerfende Handbewegung. »Sei's drum«, nickte sie. »Wir werden das Biest hoffentlich nicht mehr zu Gesicht bekommen. Dennoch würde ich Euch bitten mir alles mitzuteilen, was meinem Schiff oder der Mannschaft gefährlich werden könnte. Letztlich tut Ihr Euch damit einen Gefallen.«
»Glaubt mir, das werden wir«, versprach Jeans und die Schifferin kehrte zu ihrem Platz auf dem Achterdeck zurück.
»Jetzt mal ohne Scheiß«, meinte Phillo leise, sobald sie außer Hörweite war. »Denkt ihr, dass dieses Monster was von uns wollte?«
»Blödsinn!«, schnaubte Jeans. »Größe hin oder her, das war einfach nur ein Vogel. Wenn sich eine Amsel auf deinen Balkon setzt, wunderst du dich doch auch nicht, oder?«
»Ist aber schon komisch«, meinte Art. »Wenn Siky hier noch nie so was gesehen hat, warum taucht es ausgerechnet jetzt auf? Und trotz allem hat es uns wirklich sehr genau unter die Lupe genommen.«
»Okay, das Ding fliegt also übers Meer«, erklärte Jeans genervt. »Es sieht ein Schiff und denkt sich: Hey, super, da kann ich mich mal kurz ausruhen. Aber dann sieht es jede Menge Menschen mit spitzen Dingern in den Hän-

den. Und deswegen fliegt es eben lieber weiter, weil es keinen Bock auf Ärger hat. Was soll daran bitte seltsam sein?«

»Von mir aus«, seufzte Phillo und setzte sich wieder hin. »Wenn es wirklich nicht mehr auftaucht, soll es mir wurscht sein. Hat jemand Lust auf ein Spiel?«

Sie sahen den Vogel nicht mehr wieder, weder an diesem noch an den folgenden Tagen, sodass Phillo schließlich doch Jeans Recht geben musste. Die Freunde vertrieben sich die Zeit mit allen möglichen Beschäftigungen. Jeans übte viel mit ihren Schwertern, sehr zur Freude der Mannschaft, die begeistert zusah, wie sie mit den schwarzen Klingen umherwirbelte. Phillo dagegen half bei der Mannschaft mit, um sich die Fahrt zu verkürzen. Die Matrosen waren dankbar für ein weiteres Paar starker Arme und gaben ihm dafür einen Schnellkurs in Sachen Schifffahrt und Seemannsgarn. Auch Sanna ging ihrer Lieblingsbeschäftigung nach und verschlief fast den halben Tag. Ansonsten stand sie stillvergnügt am Bug, sah auf die Wellen hinaus, genoss Wind und Sonne und ließ sich von Zeit zu Zeit auf ein Gespräch mit einem der Matrosen ein, die ihr begeistert nachstarrten, wann immer sie auftauchte.

Diese Zeit nutzte Art meistens, um alleine in ihrer Kabine den Stab zu untersuchen. Er konnte sich einfach nicht vom Anblick der seltsamen Linien darauf losreißen und packte ihn nur weg, wenn Sanna auch im Zimmer war.

Dann ging er auf Deck und turnte so begeistert durch die Takelage, dass seine Freunde lieber schnell wegschauten und selbst die Matrosen zum Teil mit Schaudern zusahen.

Das Wetter blieb die ganze Fahrt über ruhig und dank dem stetigen Wind tauchte schon am Abend des dritten Tages am Horizont Land vor ihnen auf. Siky erklärte ihnen gut gelaunt, dass sie schon am nächsten Morgen in Shalaan einlaufen würden. Die Schifferin war offensichtlich sehr erleichtert ihre wertvolle Fracht unbeschadet abliefern zu können. Nachdem sie sich die ganze Fahrt über von ihnen fern gehalten hatte, lud sie die Fremden am letzten Abend ein mit ihr zusammen zu essen. Die Freunde nutzten die Gelegenheit, um sich ein wenig über das Ziel ihrer Reise zu informieren.

»Shalaan ist tatsächlich ein seltsamer Ort«, erklärte Siky und reichte eine Platte mit geräuchertem Fisch herum. »Es heißt, sie wäre die älteste Stadt der Welt mit mehr als tausend mal tausend Einwohnern.«

»Wer ist denn dort der Herrscher?«, fragte Art kauend.

»Es gibt keinen König, wenn Ihr das meint. In der Stadt gibt es etwa hundert alte Geschlechter, die sich die Macht teilen. Die Oberhäupter bilden die großen Kammer, die wiederum neun Männer aus ihrer Mitte für ein Jahr zu Räten wählt. Diese neun Räte regieren die Stadt und erledigen die ganze Verwaltung.«

»Und es gibt dort tatsächlich auch Elhaîn?«, fragte Sanna gespannt und goss sich einen Becher Wasser ein.

»Eines der Herrschergeschlechter ist meines Wissens sogar von Eurem Volk«, erwiderte Siky mit gerunzelter Stirn. »Es wundert mich, dass Ihr noch nichts davon gehört habt.«
»Bis auf Jeans hier wissen wir alle recht wenig von unseren Völkern«, erklärte Phillo ruhig. »Aber es würde zu lange dauern, das zu erklären.«
»Cool«, rief Art dazwischen. »Hey, Sanna, dann hast du doch Beziehungen nach ganz oben, oder?«
»Das kann sein«, stimmte Siky zögerlich zu. »Aber Eure Freundin wird in Shalaan nichts Besonderes sein, ebenso wenig wie Ihr selbst. In dieser Stadt wimmelt es von allen möglichen Geschöpfen und allein die Götter wissen, wie man aussehen muss, um dort noch aufzufallen.«
»Hört sich wirklich abenteuerlich an«, stellte Phillo fest und grinste. »Ich denke, ich freue mich darauf.«
»Ich auch«, nickte Sanna und ihre kristallblauen Augen blitzten voller Vorfreude. Sie konnte es tatsächlich nicht erwarten, endlich einmal andere Angehörige ihres Volkes zu treffen.
»Aber von meiner Sorte gibt es kein Herrschergeschlecht in Shalaan, oder?«, erkundigte sich Art hoffnungsvoll.
Die Schifferin schüttelte den Kopf und verkniff sich ein Grinsen. »Ich fürchte nicht, nein«, erwiderte sie und versteckte sich hinter ihrem Weinbecher. »Dafür ist Euer Volk wohl zu spät in diese Stadt gezogen, vermute ich.«

»Schweinerei«, meinte Art nur enttäuscht und machte sich wieder über sein Brot her. Die anderen tauschten amüsierte Blicke aus und Jeans musste ein Kichern unterdrücken. Die Vorstellung von einem altehrwürdigen Lherram als Ratsmitglied war irgendwie zu komisch.
Nach dem Essen verschwanden die vier in ihrer Kabine, um sich noch einmal ordentlich auszuschlafen. Zufrieden gähnend, wickelten sich alle in ihre Decken und ließen sich vom leisen Schlagen der Wellen gegen den Schiffsrumpf einschläfern. Nur Art lag noch ein wenig wach und dachte aufgeregt darüber nach, wie wohl die andern Angehörigen seines Volkes sein mochten.

Als sich am nächsten Tag die Sonne langsam rot verfärbte, war am Horizont bereits die Küste zu sehen. Ungeduldig machten sich die Freunde daran, ihre Sachen zu packen. Sobald sie fertig waren, gingen sie wieder an Deck, um sich umzusehen.
»Das ist ja wunderschön hier!«, rief Sanna begeistert. Die *Seekatze* glitt durch das ruhige Wasser einer lang gestreckten Bucht. Zu beiden Seiten erhoben sich grüne Hügel voller Pappeln und Olivenbäume, zwischen denen Schafe weideten. Ein herrlicher Duft nach Kräutern und Gräsern hing in der Luft. Viele hundert kleine Fischerboote liefen um sie herum ebenfalls auf den Hafen zu.
»Riecht irgendwie nach Urlaub«, stellte Art fest und schnupperte genießerisch.

»Wahnsinn«, sagte Jeans, die unwillkürlich grinsen musste angesichts der Schönheit um sie herum. »Seht euch mal die Stadt an!«
Die große Bucht, die sie gerade durchquerten, verbreiterte sich an ihrem Ende noch einmal, und umgeben von Weinbergen und kleinen Wäldern lag dort auch das Ziel ihrer Reise. Shalaan war mit Abstand die größte Stadt, die die Freunde in dieser Welt bis jetzt gesehen hatten. Abertausende von weiß getünchten Häusern unter roten Schindeldächern drängten sich eng aneinander und der Lärm der Straßen war bereits deutlich zu hören, obwohl sie noch weit von den grauen Hafenmauern entfernt waren. Im Zentrum der Stadt erhoben sich mehr als hundert wuchtige Türme, über deren Dächern bunte Fahnen im Morgenwind flatterten.
»Was sind denn das für Türme?«, wunderte sich Sanna.
»Soweit ich weiß, sind das die Häuser der Herrschergeschlechter«, erklärte Siky, die gerade die Treppe zum Achterdeck hinunterstieg. »In ihnen wohnen die Familien, die die Geschicke der Stadt lenken.«
Phillo lachte. »Sieht aus wie eine Miniaturausgabe von Manhattan.«
»Was ist Manhattan?«, fragte die Schifferin verwundert.
»Eine andere Stadt«, erwiderte Sanna hastig. »Könnten wir noch ein kleines Frühstück bekommen? Ich sterbe vor Hunger.«
»Natürlich, aber beeilt Euch. Wir werden in ein paar Minuten anlegen.«

Die Freunde gingen in die kleine Kombüse, um sich ihr Essen zu holen, und kehrten dann an Deck zurück. Sie erschienen gerade rechtzeitig, um mitten in die größte Hektik zu geraten. Die *Seekatze* lief nur mit gehisstem Vorsegel auf die schmale Hafeneinfahrt zu, als plötzlich hinter der Hafenmauer ein kleines Fischerboot auftauchte, das sich direkt vor den Bug schob. Die drei Männer an Bord begannen wild zu gestikulieren und zu schreien, als der Bug des schlanken Frachters über ihnen aufragte.

Mit einem wüsten Fluch sprang Siky ans Ruder und stemmte sich mit aller Kraft dagegen. Widerwillig schwenkte das Schiff herum und hielt nun direkt auf den kleinen Turm am Ende der Hafenmauer zu. Die Freunde hielten den Atem an, als das Fischerboot einen Moment nicht mehr zu sehen war. Doch dann tauchte es kaum zwei Meter neben der Backbordseite der hart krängenden *Seekatze* auf. Erneut warf sich die Schifferin gegen das Ruder und die *Seekatze* glitt so dicht an dem Turm vorbei, dass man die dicken Steinquader vom Achterdeck aus hätte berühren können, während das Wasser zwischen dem Rumpf und dem Turm klatschend emporspritzte.

»Diese Vollidioten!«, knurrte Siky und überließ das Ruder wieder dem Steuermann. »Das war knapp, zur Hölle! Wenn ich eine Mark für jede dieser Nussschalen bekommen hätte, die mir vor den Bug geschossen sind, dann könnte ich den ganzen Kahn vergolden lassen!

Verdammt, refft endlich das Vorsegel, ihr faulen Mistkerle!«
»Ist auch ziemlich überfüllt hier«, stellte Art fest und sah sich in den Hafenbecken um. An den Kais war fast jeder Zentimeter belegt, und wo noch ein wenig Platz übrig war, drängten sich die kleinen Boote der Fischer oder der Schiffe, die außerhalb des Hafens vor Anker lagen.
»Einer der Gründe, warum ich lieber andere Häfen anlaufe«, nickte Siky schwer atmend. »In Shalaan passiert jeden Tag ein Unglück. Das Schiff eines Freundes von mir wurde hier einmal so schwer beschädigt, dass er drei Wochen liegen musste, bis der Kahn wieder flott war.« Sie lachte grimmig. »Den nächsten Fischer ramme ich in Grund und Boden, darauf könnt Ihr Euch verlassen.«
»Cool!«, rief Art begeistert und deutete auf ein kleines Boot vor ihnen. »Da vorne ist noch einer.«
»Oh Gott!«, stöhnte Jeans gequält. »Und jetzt stellt euch mal vor, wir treffen hier noch mehr von der Sorte!«
Wenige Minuten später nahmen zwei Ruderboote sie in Schlepp und bugsierten sie vorsichtig in eine der wenigen Lücken an den Kais. Sobald die *Seekatze* sicher vertäut war und die Männer das Fallreep heruntergelassen hatten, wandte sich Siky an ihre vier Passagiere.
»Hier trennen sich unsere Wege«, sagte sie lächelnd. »Ich hoffe, Ihr habt die Fahrt genossen.«
»Es war schön«, versicherte Jeans, während Phillo das

restliche Geld hervorkramte, das sie der Schifferin noch schuldeten. »Wann fahrt Ihr denn wieder ab?«

»Sobald meine Ladung gelöscht ist und ich einen neuen Auftrag habe. Vermutlich werde ich noch eine Weile hier liegen, mit etwas Glück nicht zu lange.«

»Solltet Ihr noch da sein, wenn wir Shalaan verlassen, dann bräuchten wir eine Passage nach Peruga«, meinte Sanna freundlich.

Die Schifferin zuckte die Achseln. »Fragt nach mir, sobald Ihr abreisen wollt. Es kann durchaus sein, dass ich nach Peruga fahre.«

»Wir melden uns«, versprach Phillo und gab ihr das Geld. »Und passt auf die Fischerboote auf.«

»Das werde ich«, lachte die Schifferin.

DER riesige Hafen war von einem ohrenbetäubenden Lärm erfüllt. Große Frachtschiffe wurden be- und entladen, dazwischen verhandelten lautstark Kaufleute, schreiende Kinderbanden drängten sich durch die Menge, Wachmänner spazierten gemächlich umher und hielten Ausschau nach Schlägereien oder Taschendieben und jedem, der ihnen seltsam oder verdächtig vorkam. Vor den zahlreichen Tavernen saßen Seeleute und bemühten sich nach Kräften, noch vor Sonnenuntergang betrunken zu sein.

»Hier ist ja wirklich was los«, bemerkte Art zufrieden. »Hey, schaut mal dahinten! Was hat denn der Kerl da in der Hand? Ich gehe mal schnell und . . .«

»Du bleibst da!«, sagte Jeans und schnappte ihn am Kragen. »Wir müssen uns erst mal umsehen. Ich habe keine Lust, dich suchen zu müssen, bevor wir nicht wenigstens ein Dach über den Kopf haben.«

»Allerdings«, stimmte Sanna zu. »Wir sollten wirklich sehen, dass wir ein Gasthaus finden. Ich möchte nicht in stockfinsterer Nacht hier herumirren.«

»Wie sehen eigentlich unsere Geldvorräte aus?«, fragte Jeans. »Haben wir noch genug, um eine Weile weiterzukommen?«

Phillo schlug beruhigend gegen den Beutel an seinem Gürtel. »Ich glaube nicht, dass wir uns große Sorgen machen müssen. Wenn wir nicht gerade ins *Vier Jahreszeiten* gehen, dann sollte es reichen, um wieder nach Peruga zurückzukommen.«
Eine Weile wanderten sie einfach im Hafenviertel herum und hielten Ausschau nach einem Gasthaus, das Vertrauen erweckend aussah. Sanna und Art starrten sich die Augen aus dem Kopf, um Angehörige ihrer Völker zu entdecken, jedoch ohne Erfolg. Was Sanna allerdings mit Hoffnung erfüllte, war die Gleichgültigkeit, mit der sie angesehen wurden. Siky hatte offensichtlich Recht mit ihrer Behauptung, dass man hier kaum auffallen konnte. Keiner der vier Freunde wurde mit mehr als einem flüchtigen Blick von den Menschen auf den Straßen bedacht. Nur Phillo wurde bisweilen misstrauisch gemustert und die Leute achteten darauf, einen großen Bogen um den Khoganer zu schlagen.
Nach einiger Zeit hatten sie das Hafenviertel verlassen und nun wurde die Stadt deutlich geruhsamer. Schließlich erreichten sie einen kleinen Platz mit einem Brunnen. Eine kreischende Kindermeute spielte hier Fangen und vor einer Taverne saßen einige Menschen bei einem Glas Wein und unterhielten sich.
»Das sieht doch nett aus, oder?«, meinte Phillo. »Wollen wir hier mal nach einem Zimmer fragen? Ich sterbe vor Hunger.«

»Oh ja«, stimmte Sanna genießerisch zu. »Wir können hier draußen noch was essen und dann einfach ab aufs Zimmer – herrlich.«
»Wir wollen schließlich Urlaub machen«, stimmte Jeans grinsend zu. »Der Typ da scheint der Wirt zu sein.«
Phillo ging zwischen den Tischen und Bänken hindurch auf einen fröhlich aussehenden Mann mit einer ledernen Schürze zu, der gerade einen gewaltigen Krug Wein aus der Taverne trug.
»Guten Abend«, sagte er freundlich. »Habt Ihr vielleicht ein Zimmer für uns frei?«
Der Mann stellte den Krug auf einem Tisch ab und sah zu ihm auf, die Arme verschränkt. »Ein Zimmer habe ich schon«, sagte er unfreundlich. »Aber ich nehme keine Khoganer und Lherram auf. Ich rate Euch ins Fremde Viertel zu gehen.«
Sanna stellte sich neben Phillo. »Was soll das heißen?«, fragte sie stirnrunzelnd. »Wieso wollt Ihr uns keine Zimmer geben?«
Der Wirt musterte sie kurz und deutete eine Verbeugung an. »Es tut mir Leid, edle Dame«, erklärte er etwas verlegen. »Aber ich vermiete keine Zimmer an Vanduuns. Oder sind die Fremdlinge Eure Diener?«
»Die beiden schon«, lachte Jeans spöttisch. »Nur ich nicht.«
»Und wenn sie es wären?«, fragte Sanna grimmig, während in Phillos Augen ein gelbes Glühen aufblitzte.
»Es ist mir stets eine Ehre, eine Edle aus dem Alten Volk

zu beherbergen«, erklärte der Wirt und machte eine weitere kleine Verbeugung.
»Dann brauchen wir ein Zimmer, in dem wir vier Platz haben«, grollte Phillo.
»Was hat der Kerl denn gegen uns?«, fragte Art verblüfft. »Wie hat er uns genannt – Vanduuns? Was ist das?«
»Es tut mir Leid, wenn ich Euch oder Eure Freundin beleidigt habe«, sagte der Wirt zu Sanna und warf Jeans ebenfalls einen entschuldigenden Blick zu. »Aber es ist höchst ungewöhnlich, dass eine der Edlen solche Diener hat.«
»Ich nehme deine Entschuldigung an«, erklärte Sanna gnädig und wartete gespannt, ob ihre Arroganz den Wirt irgendwie aus dem Konzept brachte. Doch der Mann ließ sich nichts anmerken.
»Danke, edle Dame«, nickte er und winkte einem Mädchen von etwa vierzehn Jahren. »Meine Tochter wird Euch das Zimmer zeigen.«
»Das wird nicht nötig sein«, meinte Sanna schulterzuckend und wandte sich ab. »Ich habe keine Lust mehr, in Eurem Haus zu schlafen. Wir werden uns nach einer Gaststätte umsehen, in der man mich mit etwas mehr Respekt empfängt.«
Die anderen stapften hinter ihr her, bis sie außer Sichtweite der Taverne waren. Sobald sie um eine Ecke gebogen waren, hielten sie an und tauschten ratlose Blicke aus.

»Ich hatte mich auf diese Stadt richtig gefreut«, murrte Art. »Und jetzt sagt der, dass ich ein Vanduun wäre. Blödmann!«
»Anscheinend reicht es noch nicht, dass die Leute schon mal einen unserer Rasse gesehen haben«, stellte Phillo fest.
»Was haben sie denn nur gegen euch beide?«, wunderte sich Jeans. »Ich meine, Sanna behandelt er wie eine Gräfin, ich bin ihm völlig Wurscht, aber euch will er nicht in seinem Haus haben.«
»Offensichtlich gibt es in dieser Stadt ein paar Rassisten«, grollte Phillo. »Ich wüsste nur gerne, warum die Leute was gegen uns haben.«
Jeans spuckte aus. »Wenn es wirklich Rassisten sind, dann brauchen die doch keinen Grund, um euch nicht zu mögen.«
»Na, immerhin wissen wir dadurch, wie sich ein Farbiger fühlt, der versucht bei uns ein Zimmer in einem Dorfgasthof zu mieten«, brummte Art. »Was machen wir jetzt?«
»Wir fragen jemanden«, erklärte Jeans und ging auf ein Kind zu, das gerade mit seinen Freunden Verstecken spielte und sich in einem Hauseingang verbarg. Sie redete kurz mit ihm und drückte ihm dann eine kleine Münze in die Hand. Der Junge starrte so verblüfft auf seinen Reichtum, dass er sofort Auskunft gab.
»In Ordnung«, rief Jeans und kam zurück. »Wir sind hier einfach nur im falschen Viertel. Wenn wir diese

Straße da runtergehen, kommen wir über einen kleinen Fluss. Ab da sollte es kein Problem mehr sein, was zu finden.« Sie schüttelte den Kopf und lachte. »Ich wurde gerade gewarnt, mit euch dorthin zu gehen, Jungs – es könnte sein, dass ihr mich ausrauben wollt.«
»Und dem hast du noch Geld gegeben?«, schnauzte Art. »Blöder Mistkerl!«
»Er hat's doch nur gut mit mir gemeint«, meinte Jeans zuckersüß. »Und ich möchte euch auch wirklich nicht im Dunkeln begegnen – ein geschwätziger Affe und 'ne zu große Krokotasche. Kein Wunder, dass der Kleine da misstrauisch war.«
»Wir sollten lieber gehen«, knurrte Phillo wütend. »Bevor was passiert.«
Es war bereits völlig dunkel, als sie den kleinen Fluss überquerten, von dem der Junge gesprochen hatte. Im Licht der Fackeln, die in regelmäßigen Abständen an den Hauswänden angebracht waren, sahen sie auf der anderen Seite der Brücke drei Soldaten mit ledernen Brustpanzern, Helmen und Lanzen. Sie stützten sich auf das kleine schmiedeeiserne Geländer, mit dem der Bach gesichert war. Sobald sie die Freunde kommen hörten, unterbrachen die Männer ihr Gespräch und verfolgten sie mit aufmerksamen Blicken.
»Die können wir doch fragen«, schlug Art vor und lief auf die Wachen zu. »Guten Abend«, begrüßte er die Männer. »Könntet Ihr uns sagen, wo wir hier in der Nähe eine Herberge finden?«

Die Männer warfen ihm einen kurzen Blick zu und näherten sich dann den anderen. »Einen guten Abend, edle Dame«, wandten sie sich an Sanna. »Gehören die Vanduuns zu Euch?«
»Gewissermaßen«, nickte Sanna vorsichtig. »Wieso? Ist etwas nicht in Ordnung?«
»Ihr begleitet die Fremdlinge freiwillig?«, verdeutlichte ein anderer Soldat die Frage.
Sanna brauchte einen Moment, bis sie verstand. »Ach so«, lachte sie erleichtert. »Jaja, das sind Freunde von mir – Diener, meine ich«, fügte sie schnell hinzu, als die Männer die Stirn runzelten.
»Verdammt, ich bin nicht dein Diener!«, brauste Art auf. »Was soll der Unsinn?«
»Später, Art!«, schnaubte Sanna herrisch und wandte sich dann wieder den Männern zu. »Ich bin auf der Suche nach einer Herberge, in der ich auch mit meiner Begleitung ein Zimmer finde.«
Die Soldaten zogen die Brauen in die Höhe. »Hm«, meinte schließlich einer, »an Eurer Stelle würde ich zum *Goldenen Krug* gehen. Diese Straße entlang und die vierte rechts ab. Die Zimmer sind sauber und das Essen ist gut.« Er zögerte. »Aber Ihr solltet wissen, dass Ihr dort auch auf andere Vanduuns treffen könnt.«
»Das macht mir nichts«, nickte Sanna. »Danke, meine Herren.« Damit rauschte sie davon und die anderen eilten ihr nach.
»Punkt eins: Die Leute hier mögen keine Khoganer oder

Lherrams«, stellte Jeans fest. »Punkt zwei: Anscheinend sind Elhaîn besonders allergisch auf Vanduuns – so besorgt, wie diese Kerle deswegen waren.«
»Könnte sein«, räumte Sanna ein. »In jedem Fall wird es Zeit, dass ich mal eine aus meinem Volk finde, die mir das alles erklärt.«
»Vor allem sollten wir uns nach diesem Tarnus umhören«, erinnerte Phillo sie und winkte mit dem eingewickelten Stab. »Ich möchte das Ding hier irgendwann mal wieder loswerden.«
Eine Viertelstunde später standen sie vor einem großen Haus, über dessen Türe ein gewaltiger vergoldeter Krug hing. Aus dem Inneren drang gedämpfter Lärm und die Freunde traten ein. Die Schankstube war gut gefüllt und die Bedienungen hatten alle Hände voll zu tun, um die verschiedenen Gäste zu versorgen.
»Oh Gott, riecht das gut hier«, stöhnte Art und schnupperte. In der Luft hing der Duft von Braten und Wein und den Freunden lief das Wasser im Mund zusammen.
»Willkommen im *Goldenen Krug!«*, begrüßte sie ein rundlicher Mann mit blitzenden Augen. Er wischte sich die Hände an seiner Schürze ab und verneigte sich vor Sanna. »Ich habe nicht oft die Ehre, eine des Alten Volkes hier begrüßen zu können«, sagte er freundlich. »Auch Eure Diener sind herzlich willkommen.«
»Langsam glaube ich es selbst«, lachte Jeans leise, während Phillo fassungslos den Kopf schüttelte.

»Danke«, nickte Sanna. »Wir brauchen ein Zimmer mit vier Betten und dann vor allem etwas zu essen.«

»Da seid Ihr hier genau richtig«, lachte der Mann. »Ihr werdet zufrieden sein, das verspreche ich.«

Wenige Minuten später saßen die Freunde um einen Tisch in der Schankstube, den der Wirt für sie freigeräumt hatte, und warteten sehnsuchtsvoll auf ihr Abendessen. Ihr Zimmer war direkt unter dem Giebel gelegen, aber sehr geräumig und sauber. Es gab sogar richtige Betten und die Wäsche roch frisch und angenehm.

Als der Wirt eine gewaltige Holzplatte mit einem großen Braten und verschiedenen Gemüsen brachte, war das Glück der Freunde perfekt. Heißhungrig machten sie sich darüber her, und kaum dass sie zu Ende gegessen hatten, schleppten sie sich nach oben und fielen in ihre Betten.

Nur Sanna konnte nicht einschlafen. Sie wälzte sich hin und her und grübelte über die letzten Erlebnisse nach. Schließlich rappelte sie sich gähnend hoch und ging zum Fenster. Die Läden waren angelehnt und sie stieß sie weit auf, um ein wenig frische Luft in das stickige Zimmer zu lassen. Seufzend atmete sie die laue Nachtluft ein, stützte sich mit geschlossenen Augen auf das Fensterbrett und genoss den sanften Wind auf ihrem verschwitzten Gesicht.

Plötzlich mischte sich in das leise Rumoren in den Straßen ein anderes Geräusch, ein seltsames Rauschen, und

Sanna riss die Augen auf. Mit einem entsetzten Schrei fuhr sie zurück, stolperte über eine Teppichfalte und fiel rückwärts hin.
»Sanna!« Phillo sprang aus dem Bett, stürzte zum Fenster und starrte hinaus. Als er nichts entdecken konnte, schloss er die Läden wieder und kniete sich neben Sanna hin. »Was war denn da?«, fragte er, während auch Art und Jeans sich in ihren Betten aufrichteten und die beiden verwundert ansahen.
Sanna rieb sich über das Gesicht und stand mühsam auf. »Der Vogel«, sagte sie. »Das Biest schwebte plötzlich direkt vor meinem Gesicht und hat mich angestarrt. Dann bin ich hingefallen und es war weg.«
Einen Moment lang herrschte verblüfftes Schweigen. Dann ging Art zum Fenster und sah sich noch einmal genau um. »Da draußen ist gar nichts«, meldete er schulterzuckend. »Bist du dir sicher?«
»Verdammt, das Vieh war keinen Meter von mir weg!«, schnauzte Sanna. »Ich habe sogar den Luftzug von seinen Flügeln gefühlt. Das war keine Einbildung.« Sie zitterte am ganzen Leib vor Schreck und schlang fahrig die Arme um den Körper.
»Jetzt wissen wir wenigstens, dass dieses Biest nicht nur zufällig eine Schleife über dem Schiff gedreht hat«, stellte Phillo trocken fest. »Wir müssen hier weg.«
»Was?«, ächzte Jeans und ließ sich in ihr Kissen zurückfallen. »Wir haben doch noch gar nicht geschlafen.«
»Ich kann jetzt sowieso nicht mehr pennen«, erklärte

Sanna und setzte sich auf ihr Bett. »Wenn ich das richtig sehe, werden wir von irgendetwas verfolgt. Und es hat uns gefunden.«
»Aber es ist so schön hier«, maulte Art und kratzte sich am Kopf. »Können wir nicht eine Wache aufstellen? Wenn Sanna sowieso nicht mehr schlafen kann . . .«
»Hör auf damit«, knurrte Phillo. »Wer auch immer da hinter uns her ist, er kann einen Monsterraben in der Gegend herumscheuchen, nur um uns zu suchen. Ehrlich, ich möchte dem nicht begegnen.«
»Okay«, stöhnte Jeans. »Dann gehen wir halt. Wohin eigentlich?«
»Fürs Erste weg von hier«, meinte Phillo und zog sich an. »Sanna und ich können ja mal den Wirt aus dem Bett klopfen und fragen, ob er diesen Tarnus kennt. Und ihr beiden schlaft bloß nicht wieder ein!«
Es dauerte eine ganze Weile, bis der Wirt seinen Kopf zur Türe herausstreckte. »Was kann ich für Euch tun, edle Dame?«, fragte er Sanna gezwungen freundlich und unterdrückte ein Gähnen. »Ist etwas nicht in Ordnung?«
»Wir müssen abreisen«, erklärte Sanna und Phillo begann in seinem Geldbeutel zu kramen. »Aber vorher habe ich noch eine Frage an Euch: Sagt Euch der Name Tarnus etwas?«
»Tarnus?«, brummte der Mann und rieb sich mit beiden Händen über das Gesicht. »Wenn Ihr Tarnus von Illecia meint, dann natürlich.«

»Wer ist das?«, fragte Phillo und drückte dem Mann einen Haufen Münzen in die Hand. Der Wirt musste nicht besonders gründlich hinschauen, um festzustellen, dass das Trinkgeld sehr reichlich bemessen war.
»Das Oberhaupt des Geschlechts Illecia«, erklärte er und verkniff sich sein Staunen über diese dumme Frage. »Einer der neun Räte.« Er sah Sanna verwirrt an. »Aber das müsstet Ihr doch wissen, edle Dame.«
»Wieso denn?«
»Illecia ist immerhin das einzige Elhaîn-Geschlecht in Shalaan.«
»In Ordnung, wir wissen wahrscheinlich, wer dieser Tarnus ist«, erklärte Phillo knapp, als sie sich im Schankraum trafen.
»Und wer ist es?«, erkundigte sich Art neugierig.
»Ein entfernter Verwandter von Sanna, wie es scheint«, meinte Phillo und nickte dem Wirt dankbar zu, als er ihnen die Türe zur Straße aufschloss.
»Was?«, zischte Jeans. »Ein Elhaîn? Erzähl keinen Scheiß!«
»Und ein sehr wichtiger Mann noch dazu«, meinte Sanna stirnrunzelnd. Sie war immer noch wie betäubt von dieser Mitteilung. Aber das erklärte endlich, warum der Mann in Bardalar ausgerechnet sie um Hilfe gebeten hatte. Er hatte ja sogar noch erleichtert festgestellt, dass sie eine Elhaîn war, bevor er ihr den Stab überließ.
»Wisst ihr, wo wir langmüssen?«, fragte Art und suchte den düsteren Himmel über ihnen mit den Augen ab.
»Ins Zentrum«, erklärte Phillo. »Dieser Tarnus wohnt in

einem dieser Türme. Ich hoffe nur mal, dass wir auch wirklich gleich den richtigen finden.«

»Cool!«, rief Art. »In so einem Turm ist es bestimmt noch schöner zum Schlafen!«

»Mir ist gerade gar nicht nach Schlafen«, brummte Jeans und sah über die Schulter. »Ich habe die ganze Zeit das Gefühl, das Rauschen von großen Flügeln zu hören.«

Die Freunde liefen gehetzt quer durch die Stadt. Immer wieder begegneten ihnen späte Spaziergänger und Betrunkene, die allerdings stets die Straßenseite wechselten, wenn sie Phillos gelb glühende Augen durch die Dunkelheit auf sich zukommen sahen. Nach einer Viertelstunde hatten sie das Zentrum erreicht und liefen an den ersten Türmen vorbei.

»Hier muss es sein!«, keuchte Sanna und spähte eine Straße hinunter. »Phillo, was denkst du?«

Mit einem Kopfschütteln sah sich Phillo um. »Ich meine, dass es erst zwei Straßen weiter ist. Wir sind noch nicht an dem Brunnen vorbeigekommen, von dem der Wirt geredet hat.

»Dahinten war ein kleiner Brunnen«, meinte Jeans schwer atmend und setzte ihr Bündel ab. »Ich weiß nur nicht, ob es der richtige war.«

»Verflucht!«, knurrte Phillo. »Lasst uns mal dahinten schauen. Wenn wir dort nicht richtig sind, müssen wir halt woanders weitergehen.«

»Da drüben ist jemand«, rief Art und deutete eine Straße hinunter. »Ich frage mal.«

Bevor ihn jemand aufhalten konnte, rannte er eine schmale Gasse entlang, auf einige dunkle Schemen zu, die rasch näher kamen.
»Verdammt, Art, bleib hier!«, fauchte Jeans und rannte ihm dann hinterher. Doch so schnell sie auch rannte, sie erreichte ihren Freund nicht mehr, bevor er bei den Männern angekommen war.
»Guten Abend«, hörte sie ihn sagen. »Wir suchen den Turm von Tarnus von Illecia. Das Ding muss hier irgendwo sein.«
Wieder einmal verfluchte Jeans diese Eigenart von Art in seinem Lherram-Körper: Er kannte keine Angst. Doch ihr Ärger wurde von eisiger Furcht verdrängt, als sie Schwerter in der Dunkelheit blitzen sah, eine der Gestalten stumm ausholte und lautlos zuschlug.
»Art!«, brüllte sie und zog im Laufen ihre Schwerter aus den Scheiden. »Komm zurück!«
Mit einem kleinen Satz wich Art der sausenden Klinge aus und wandte sich um. »Die wollen was von uns!«, rief er Jeans entgegen, als er zurückrannte.
»Du bist ein Idiot!«, zischte sie, als sie sich ebenfalls umdrehte und ihm folgte. »Weg hier!«, rief sie Sanna und Phillo zu. Die beiden warteten, bis sie wieder zusammen waren, und sprinteten dann ebenfalls los.
»Was sind das für Typen?«, stieß Sanna im Laufen hervor. In ihrem Hinterkopf wallten düstere Bilder von lebenden Schatten hoch, die ihr eisige Schauer über den Rücken jagten.

»Habe ... ihre Gesichter ... nicht gesehen«, keuchte Jeans und warf einen raschen Blick nach hinten. »Haben Schwerter ... kommen uns nach.«

Bei ihrer wilden Flucht durch die düsteren Gassen verloren die Freunde rasch jede Orientierung. Immer wieder kamen sie an einem der düster aufragenden Türme vorbei, doch dieser Teil der Stadt war um diese Zeit völlig menschenleer. Als sie um eine der vielen Ecken bogen, ragten wie aus dem Nichts die dunklen Gestalten auf. Sie trugen ihre Klingen blank in den Händen und holten sofort aus.

»Zurück!«, kreischte Sanna. Nackte Panik hatte von ihr Besitz ergriffen, weil irgendetwas ihr sagte, dass diese Wesen nicht aus Fleisch und Blut waren.

Phillo wich einem Schlag knapp aus und das Schwert fuhr Funken stiebend an einer Hauswand entlang. Dann setzte er den anderen nach, die in eine Gasse abbogen, die sie noch nicht entlanggelaufen waren. Nach zwanzig Metern erreichten sie einen kleinen Hinterhof und standen vor einer nackten, kahlen Mauer.

»Wir müssen hier raus!«, knurrte Jeans und ließ ihren Blick hastig über die Wände des Hofes gleiten.

»Keine Chance«, grollte Phillo. »Wir müssen einen anderen Weg nehmen. Verdammt, das wird knapp!«

»Mehr als das«, berichtigte Sanna ihn mit zitternder Stimme und deutete auf die dunklen Schatten, die lautlos in den Hof glitten, die Schwerter vor sich gestreckt. »Wir schaffen es einfach nicht mehr.«

»In Ordnung!«, grollte Phillo und seine Augen glühten kampflustig auf. »Dann eben anders. Kommt nur her, ihr Mistkerle!«

»Ashtan Crathar«, raunte Jeans den heiligen Schlachtruf ihres Geschlechtes, während sie ihre schwarzen Klingen langsam aus den Scheiden zog. Das leise Flüstern des Metalls beruhigte sie ein wenig. Trotzdem musste sie sich mit aller Kraft zusammenreißen, um nicht zu zittern.

Während Jeans und Phillo sich zwischen ihre Freunde und die Angreifer stellten, suchte Art den Boden nach Steinen ab. Schnell fand er einen, der groß genug als Wurfgeschoss war. Er nahm den vordersten der unheimlichen Typen ins Visier und schleuderte ihm den Stein mit aller Kraft ins Gesicht.

Ein leises Pochen ertönte, als das Geschoss vom Kopf des Angreifers abprallte und zu Boden fiel. Der Getroffene wandte langsam den Kopf und musterte Art einen Augenblick, bevor er stumm auf Phillo eindrang.

Dem ersten Streich wich Phillo knapp aus und stürzte sich dann mit einem donnernden Wutschrei auf seinen Gegner. Doch es war, als prallte er gegen eine Mauer. Der Mann schwankte nicht einmal, als er von dem hundert Kilo schweren Körper des Khoganers gerammt wurde.

Völlig verblüfft, stieß sich Phillo wieder von ihm ab und entkam nur durch schieres Glück einem zweiten Streich, der seinen Kopf um Millimeter verfehlte. Noch

einmal warf er sich gegen seinen Gegner und wieder war er es, der zurückweichen musste. Nur erwischte ihn diesmal die um den Schwertgriff geballte Faust des Mannes am Kopf und schleuderte ihn durch die Luft, dass er mit einem dumpfen Schlag auf dem Boden aufprallte. Brüllend vor Wut rappelte er sich wieder auf. Das Blut rauschte in seinen Ohren und er spürte in sich diese herrliche, heiße Lust am Kampf aufsteigen, die er schon lange nicht mehr gefühlt hatte.
Und doch kroch auch eine eisige Angst seinen Rücken hinauf, als selbst er erkennen musste, dass er keine Chance gegen diese Gegner hatte. Einen Moment lang beobachtete er Jeans, die mit dreien der Gestalten gleichzeitig kämpfte. Sie tauchte unter ihren Klingen hindurch wie eine Katze, parierte Schläge und teilte nach Kräften aus. Aber selbst sie musste immer wieder zurückweichen, da sie nicht ein einziges Mal wirklich traf.
Neben ihr zischten Steine durch die Luft, mit denen Art die Gestalten wie eine durchgedrehte Tenniskanone bombardierte. Doch so schnell er auch warf, er erreichte nicht das Geringste.
Bevor sich Phillo wieder gegen eines der furchtbaren Wesen warf, erhaschte er einen Blick auf Sanna. Sie lehnte mit gesenktem Kopf an der Mauer hinter ihnen und hatte die Hände gegen die Stirn gepresst. Offenbar war sie völlig gelähmt vor Angst, doch gerade dieser Anblick gab Phillo seine Entschlossenheit zurück, bis zum Letzten zu kämpfen.

Wie ein Stier rannte er gegen seinen Gegner, kümmerte sich nicht einmal um das niedersausende Schwert, sondern rammte dem Wesen seinen Echsenschädel wie einen Sturmbock in den Magen. Plötzlich stieß das Wesen ein Keuchen aus und wurde zurückgeworfen wie ein ganz normaler Mensch. Phillo schrie wieder auf, diesmal vor Begeisterung, und holte mit den Armen weit aus. Wie zwei Hammerschläge trafen seine Fäuste den Mann auf beiden Seiten des Kopfes und der Kerl ging zu Boden wie vom Blitz gefällt.

Phillos Triumphgebrüll vermischte sich mit dem Schrei eines Gegners von Jeans. Ihr Schwert war einem der Männer tief in den Oberschenkel gedrungen, worauf er, ohnmächtig vor Schmerz, in sich zusammensackte.

»Greife nie eine Khuzum im Dunklen an«, stieß sie heiser hervor und sah sich nach den anderen Gestalten um. Plötzlich wichen die Männer vor ihr zurück und sahen sich unsicher um.

Dann fiel Jeans' Blick auf Phillo, der sich gerade mit hell glühenden Augen auf den nächsten Gegner warf. Mit einem unwilligen Knurren blockte er einen unsicheren Streich des Mannes am Unterarm ab und rammte ihm den Ellenbogen ins Gesicht, worauf der Mann sofort zu Boden ging.

Mit einem Mal hatten diese Männer alle ihre übernatürlichen Kräfte verloren und nun schienen sie plötzlich zu erkennen, dass es nicht unbedingt ein Kinderspiel war, es mit einem wütenden Khoganer und einer bewaffneten Khuzum aufzunehmen. Mit einem grimmigen Lachen griff Jeans ihre zwei verbliebenen Gegner an, doch bevor sie auch nur zugeschlagen hatte, traf ein Stein den einen genau ins Gesicht und er fiel stöhnend zu Boden. Der andere sah sich hektisch um und schleuderte dann mit einem heiseren Keuchen Jeans sein Schwert entgegen. Die Klinge fauchte an ihr vorbei und schlug klirrend gegen eine Mauer. Dann wandte sich der Mann um und machte ein paar Sätze aus dem Hof hinaus. Plötzlich blieb er stehen, als am anderen Ende der Gasse Männer mit blanken Schwertern in den Händen erschienen. Dann setzte er sich langsam auf den Boden und zog einen Dolch unter seinen Kleidern hervor.

Jeans wusste instinktiv, was jetzt kommen würde. »Nein!«, schrie sie, ließ ihre Schwerter fallen und rannte auf den Mann zu. Ihr Schrei hallte noch in der Gasse wider, als er kurz ausholte und sich den Dolch mit einem Ruck in den Unterleib stieß.

»Na, so was«, stellte Art verblüfft fest, als er Jeans erreichte. Sie stand über dem Toten und blickte zitternd auf den reglosen Körper hinunter. »Der Typ hat sich selbst umgebracht.«

»Was sind das für Wahnsinnige?«, flüsterte Jeans völlig benommen. Während des Kampfes war sie absolut ruhig gewesen. Jeder ihrer Streiche war auswendig gelernt gewesen, sie hatte einfach nur das getan, wozu ihr Vater sie ausgebildet hatte. Aber auf so etwas hatte er

sie nicht vorbereitet. »Was sind das für Wahnsinnige?«, wiederholte sie wispernd und sank in die Knie.
Mehrere Stiefel traten in ihr verschwommenes Blickfeld. »Was ist hier geschehen?«, fragte eine tiefe Männerstimme ruhig. »Wer seid Ihr?«
Jeans hob den Kopf und sah in ein Augenpaar, das ihr seltsam bekannt vorkam. Die kristallblauen Augen blitzten förmlich in der Dunkelheit und zogen ihre Blicke geradezu magnetisch an. Sie konnte sich einfach nicht mehr davon losreißen.
»Die Mistkerle wollten uns umbringen«, brachte sie mühsam hervor, während ihr Tränen in die Augen stiegen. »Sie waren so stark . . . und dann plötzlich waren sie wieder ganz normal . . . ich habe einen . . .« Sie brach ab und fing an zu heulen.
»Helft ihr auf«, befahl der Mann knapp und ging weiter in den Hof hinein. Art schenkte er keinen einzigen Blick.
Das Tosen des Blutes verebbte allmählich in Phillos Ohren, als der Fremde in den Hof trat. Ihm folgten mehrere Bewaffnete mit Fackeln, die den düsteren Hof in flackerndes Licht tauchten. Immer noch ganz berauscht vom Kampf, verfolgte Phillo misstrauisch, wie der Mann vor Sanna stehen blieb.
»Vorsicht!«, grollte er und kam näher, als der Fremde seine Hand sanft unter Sannas Kinn legte und ihren Kopf hob.
»Ich tue deiner Herrin nichts, Khoganer«, sagte der Mann leise, ohne Phillo auch nur anzusehen.

»Habe Angst«, flüsterte Sanna, als ihre Augen sich mit denen des Fremden trafen. Und dann erstarrte sie plötzlich, als sie in ein unbekanntes und doch so vertrautes Gesicht starrte. »Ihr seid ein Elhaîn«, wisperte sie.

»Beruhige dich, Schwester«, erklärte der Mann leise und legte seine Fingerspitzen gegen Sannas Stirn. »Lass deine Angst fahren.«

Mit einem Mal durchströmte ein unendliches Wohlgefühl Sannas Glieder, eine Wärme wie aus einer Umarmung, die man zu lange vermisst hatte. Das Zittern in ihren Gliedern verschwand und die ganze Welt um sie herum war so weit entfernt wie Erinnerungen aus Kindertagen.

»Was macht Ihr mit ihr, verdammt?«, drang eine düstere Stimme leise an ihr Ohr.

»Warte, bis man dich ruft, Khoganer«, erwiderte der Fremde gelassen.

»Du lässt sie sofort los oder es passiert was, Freundchen!«

Widerstrebend befreite sich Sanna aus der wohl tuenden Wärme und nahm die Finger des Elhaîns von ihrer Stirne. »Ist okay, Phillo«, flüsterte sie lächelnd. »Er tut mir nichts. Ich bin in Ordnung.« Langsam kehrte die Wirklichkeit zurück und sie atmete tief durch. Über ihr glühten düster Phillos Augen, der den Fremden hasserfüllt anstarrte.

»Danke für Eure Hilfe«, nickte sie und lächelte den Elhaîn an. »Wie heißt Ihr?«

»Ich bin Mides«, stellte er sich vor und erwiderte ihr Lächeln. »Und du bist Sanna?«
»Richtig«, nickte sie. Es verblüffte sie gar nicht besonders, dass Mides ihren Namen wusste. Nach seiner Berührung kannten sie sich schon ziemlich gut. Seufzend rieb sie sich über das Gesicht und sah den jungen Elhaîn zum ersten Mal genauer an.
Er konnte kaum älter als zwanzig Jahre sein. Das Haar trug er im Nacken zu einem Zopf gebunden und das Licht der Fackeln ließ es blauschwarz glänzen. Seine Haut war mindestens so braun wie Sannas, und wenn er lächelte, blitzten strahlend weiße Zähne auf. Die Jacke aus dunklem Samt mit silbernen Stickereien zeigte, dass er recht wohlhabend sein musste, ebenso der kunstvoll geschmiedete und vergoldete Schwertgriff an seiner Seite.
»Warum seid Ihr hierher gekommen?«, fragte sie schließlich und riss sich mit Gewalt von den kristallen blitzenden Augen des jungen Mannes los.
»Mein Vater hat deinen Hilferuf gehört«, erklärte Mides lächelnd. »Er schickt mich, um dich zu uns zu holen.«
»Und wer ist dein Vater, Elhaîn?«, knurrte Phillo grinsend. Er sah nicht ein, warum er den geschleckten Mistkerl freundlicher anreden sollte, als der ihn. Sofort strafften sich die Bewaffneten, die um sie herumstanden, und sahen ihren Herrn abwartend an.
»Du solltest deine Zunge hüten, Khoganer«, sagte Mides schließlich leise. »Sonst könntest du sie verlieren.«

»Er ist mein Freund«, mischte sich Sanna ein und stellte sich ein Stück zwischen die beiden. »Außerdem will ich es auch wissen: Wer ist dein Vater? Und ich habe gar nicht um Hilfe geschrien, außer in . . .« Sie stockte und nickte dann langsam, als sie verstand. »Außer in Gedanken«, endete sie lächelnd.

»Mein Vater ist Tarnus von Illecia«, antwortete Mides und erwiderte ihr Lächeln. »Ich grüße dich in seinem Namen, Sanna.«

DER Typ hat noch kein einziges Wort zu mir gesagt«, knurrte Art leise.

Jeans warf Sanna und dem fremden Elhaîn einen kurzen Blick zu. »Zu mir war er immerhin höflich«, stellte sie achselzuckend fest. »Aber ehrlich gesagt, interessiert mich das im Moment gar nicht so besonders. Ich wüsste immer noch gerne, was das für Kerle waren.« Vorsichtig kniete sie neben dem Mann nieder, den Art mit einem Steinwurf außer Gefecht gesetzt hatte. Mit der Hand hob sie seinen Kopf an und musterte sein blutiges Gesicht. Er stöhnte leise, als das Licht der Fackeln in seine halb geöffneten Augen fiel.

»Wach auf, du Mistkerl!«, knurrte Jeans, griff unter seinen Umhang und zog seinen Dolch heraus. Sie hatte nicht vor diesen hier auch Selbstmord begehen zu lassen. »Na los, komm schon! Du sollst aufwachen!«

Die Lider des Mannes flatterten und er starrte aus trüben Augen zu ihr empor. »Wir werden euch kriegen«, flüsterte er und seine aufgeplatzten Lippen verzogen sich zu seinem Grinsen. »Unserer Macht könnt ihr nie widerstehen.«

»Der nimmt den Mund ganz schön voll«, stellte Art staunend fest. »Ziemlich lässiger Kerl.«

»Hey, Phillo!«, rief Jeans quer über den Hof. »Komm mal her!«

Unwillig ließ Phillo Sanna mit Mides alleine und stapfte auf Jeans zu. »Was ist denn?«

»Der Kerl hier ist wach«, erklärte sie. »War nur ohnmächtig.«

»Gut«, grollte Phillo und kniete sich auf der anderen Seite des Mannes hin. »Wer hat dich geschickt und was wolltet ihr von uns?«, fragte er düster. »Wenn du es uns gleich sagst, kannst du dir 'ne Menge Ärger ersparen.«

»Ihr werdet mir noch folgen«, stieß der Mann lächelnd hervor und schloss die Augen. Seine Lippen bewegten sich unmerklich, als er einige lautlose Silben flüsterte. Jeans beugte sich vor und versuchte zu verstehen, was er sagte.

»Was redet er denn, verflucht?«, knurrte Phillo unterdrückt.

»Ich verstehe kein Wort«, meinte Jeans. »Ist nicht unsere Sprache. Hört sich aber ziemlich seltsam an. Ich glaube, er betet.«

»Wartet!«, schrie plötzlich hinter ihnen der fremde Elhaîn und kam auf sie zugerannt. »Verflucht, warum habt Ihr ihn aufgeweckt?« Mit einem groben Stoß schob er Jeans zur Seite und schloss die Augen. Auch er begann mit zitternden Lippen tonlos zu flüstern und Schweißperlen bildeten sich auf seiner Stirn. Doch nach wenigen Sekunden fuhr er zurück und setzte sich stöhnend auf den Boden. »Zu spät«, stieß er wütend hervor. »Verflucht, es war zu spät!«

In diesem Augenblick bäumte sich der Körper des

Mannes auf und er stieß einen grausigen Schrei aus. Alle zuckten zusammen, als der Schrei sofort von den anderen ohnmächtigen Angreifern wiederholt wurde. Dann sackte der Mann in sich zusammen, seine Haut wurde grau und verwandelte sich in wenigen Sekunden zu Staub, der vom weißen Schädelknochen herabrieselte. Ein paar Augenblicke später hatte sich auch der Knochen in feinen Staub verwandelt, bis nur noch die Kleidung des Mannes zusammengefallen am Boden lag.

»Hoppla!«, platzte Art heraus. »Was war denn das?«

»Ihr Gebieter hat sie in den Tod geschickt«, erklärte Mides und erhob sich unsicher. Phillo sah sich um und erkannte, dass der Elhaîn Recht hatte: Auch die anderen Angreifer hatten sich in Staub verwandelt.

»Wer ist denn ihr Gebieter?«, fragte Jeans fassungslos.

»Das wüsste ich auch gerne«, meinte Mides grimmig. »Aber nachdem Ihr den Mann aufgeweckt hattet, konnte er ihn rufen. Ihr hättet damit warten sollen, bis ich bei Euch war. So konnte ich die Verbindung nicht mehr rechtzeitig unterbrechen.«

»Hat dieser ganze Spuk etwas mit ihren abartigen Kräften zu tun?«, fragte Phillo stirnrunzelnd. Er konnte immer noch nicht ganz glauben, was er gerade gesehen hatte.

Mides sah sich nach Sanna um, die langsam auf ihn zuging. »Wir sollten jetzt den Schutz meines Vaters suchen«, sagte er und legte ihr sanft den Arm um die

Schultern. »Wir haben eine Menge mit dir zu besprechen.« Er nickte seinen Bewaffneten zu. »Klaubt die Überreste der Kerle auf und folgt mir dann.« Damit führte er Sanna einfach die Gasse hinunter. Seine Männer sammelten aufmerksam die Kleider und Schwerter der Angreifer ein, bevor sie ihrem Herrn folgten.

»Diesem Kerl haue ich bald noch eine rein«, erklärte Phillo und hob den Stab auf, der nahe der Mauer auf dem Boden lag.

»Das wäre genau das Richtige«, pflichtete Art ihm heftig bei.

Jeans lachte grimmig. »Und als Nächste bin ich dran. Jetzt los, kommt. Sonst machen die uns noch ihre Tür vor der Nase zu.«

Mit schnellen Schritten eilten sie den anderen nach. Kaum hatten sie die letzten Bewaffneten eingeholt, als ein Trupp der Stadtwache Mides und Sanna den Weg versperrte.

»Halt!«, rief einer der Soldaten. »Wer seid Ihr?«

»Ich grüße Euch, Jannar«, sagte Mides. »Ihr seid zu spät, es ist bereits alles vorbei.«

»Herr Mides«, stieß der Mann überrascht aus. »Es tut mir Leid, ich habe Euch in der Dunkelheit nicht sofort erkannt. Könnt Ihr mir sagen, was hier los war? Es soll einen Kampf gegeben haben.«

»Das ist richtig«, nickte Mides. »Meine Schwester hier wurde von fünf unbekannten Männern überfallen. Ihre Diener konnten sie allerdings wieder vertreiben.«

»Ihr wisst nicht, warum sie Euch angegriffen haben?«, wandte sich der Soldat an Sanna.
»Ich habe keine Ahnung«, erklärte sie kopfschüttelnd. Ihr war nicht ganz klar, warum Mides die Wachen anlog, aber sie hatte nicht vor ihm in den Rücken zu fallen.
»Vermutlich nur ein paar Räuber«, meinte Mides. »Mit Eurer Erlaubnis würden wir nun den Schutz meines Hauses aufsuchen, um uns von dem Schreck zu erholen, Jannar.«
»Selbstverständlich, Herr«, nickte der Soldat rasch. »Ich darf Euch doch zum Zeugen berufen, falls wir jemanden verhaften sollten, Herr?«
»Natürlich. Gute Nacht, meine Herren. Ihr leistet gute Arbeit.«
»Danke, Herr«, brummten die Soldaten, während Mides an ihnen vorbeimarschierte.
»Nicht mal Larson führt sich so auf, und der ist immerhin ein König«, stellte Jeans leise fest. »Und diese Wächter stehen nur da und wedeln mit dem Schwanz.«
»Sein Vater muss ein echt hohes Tier sein«, meinte Art. »Hoffentlich ist der nicht genauso unerträglich.«
Die drei Freunde folgten dem Zug durch die düstere Altstadt. Nach wenigen Minuten blieben sie vor einem gewaltigen Turm stehen, dessen eiserne Tore eilig für sie geöffnet wurden. Über dem Torbogen prangte ein Wappen, das ein blaues Auge vor einer Schriftrolle zeigte, die sich mit einem Schwert kreuzte.
»Zumindest haben sie einen der größten Türme hier«,

stellte Jeans grinsend fest. »Kein Wunder, dass der Kerl so ein widerlicher Typ ist.«

Art lachte. »Genau. Ganz einfach ein verzogenes Reiche-Leute-Kind.«

Der Turm war im Grunde eine ganze Burg, wie sie feststellten, als sie den kleinen Innenhof erreichten. Über ihnen brannte in mehreren Fenstern Licht und irgendwo erklang leise Musik. Mides und Sanna verschwanden einfach in einem der drei Tore, die vom Hof aus in das Innere des Turm führten.

Einer der Bewaffneten trat auf die anderen zu. »Ich soll Euch Eure Unterkünfte zeigen«, erklärte er knapp und sah Jeans an. »Ihr werdet in einem der Gästezimmer schlafen. Ich werde Euch sofort hinführen.«

»Und wir?«, fragte Art verblüfft.

»Ihr beide könnt meinen Männern folgen«, erklärte der Mann knapp. »Im Gesindetrakt wird sich noch ein Winkel für euch finden lassen.«

Jeans musste wider Willen lachen und nach kurzer Zeit stimmten Art und Phillo mit ein. Dieses Gehabe war so unglaublich, dass es schon wieder komisch war.

»Ich werde bei den beiden bleiben«, meinte Jeans und schüttelte grinsend den Kopf. »Jetzt bin ich aber wirklich mal gespannt, wann sich Sanna an uns erinnert.«

»Wie Ihr wollt«, nickte der Mann und führte sie über enge Treppen in einen großen Schlafsaal, in dem über zwanzig Betten von gespannten Laken abgetrennt waren, hinter denen hier und da leises Schnarchen ertönte.

Mit einer kleinen Öllampe leuchtete der Mann ihnen den Weg und deutete schließlich auf drei nebeneinander liegende Betten. »Die sind gerade frei. Gute Nacht. Ich lasse die Lampe hier, damit Ihr Euch zurechtfindet.«

»Gute Nacht«, erwiderte Jeans und setzte sich auf eines der Betten. Art saß bereits auf einem. Phillo starrte dem Mann düster nach, bis er die Türe hinter sich zugezogen hatte. Dann verstaute er den Stab neben seinem Bett auf dem Boden und legte sich hin.

»Wenn Sanna diesem Volltrottel bis morgen nicht klargemacht hat, dass wir nicht ihre Diener sind, reiße ich diesen Scheißturm Stein für Stein auseinander und bewerfe sie damit«, erklärte er in komischer Verzweiflung.

»Mir ist das im Moment völlig Wurscht«, meinte Jeans und zerrte sich die Stiefel von den Füßen. »Puh, was für 'n Duft! Nein, ich möchte jetzt nur schlafen und diese Betten sind doch gar nicht übel, oder?« Damit rollte sie sich in ihre Decke und legte den Kopf seufzend auf das Kissen. »Gute Nacht«, brummelte sie.

»Gute Nacht«, nickte Phillo und legte sich ebenfalls hin. Art saß noch einen Moment da und dachte nach. Schließlich kuschelte auch er sich in die Decken. Kaum hatte er die Augen geschlossen, als die Türe des Schlafsaals aufgestoßen wurde und schwere Stiefel über den Steinboden knallten.

»Ich muss mich wohl bei Euch entschuldigen«, erklärte Mides mit gerunzelter Stirn. Ihm war die Situation spür-

bar unangenehm. »Wie es scheint, bin ich einem schrecklichen Irrtum erlegen.«
»Übertreibt mal nicht«, murmelte Jeans, während Phillo sein Grinsen im Kissen versteckte. »War doch gar nicht so schrecklich. Können wir jetzt zu unserer Freundin?«
»Die Gepflogenheiten in Shalaan sind nun mal ein wenig anders«, erklärte Mides und erstickte offensichtlich fast an seinem Ärger. »Hier wäre es undenkbar, dass ein Khoganer und ein Lherram eine Elhaîn ihre Freundin nennen dürfen.«
»Ja, selbst ich staune manchmal darüber«, sagte Jeans todernst. »Aber das Schicksal führt einen eben manchmal auf seltsame Pfade, nicht wahr?«
Sie stiegen über verschiedene kleine Gänge und verwinkelte Treppen immer höher in den Turm hinauf. Nach einigen Minuten erreichten sie eine Türe, vor der zwei Männer mit Schwertern im Gürtel Wache hielten. Sobald sie Mides sahen, nahmen sie Haltung an. Ohne ihnen auch nur einen halben Blick zu schenken, marschierte der junge Elhaîn an ihnen vorbei und führte die drei Freunde in ein gewaltiges Zimmer.
Der Boden war mit mehreren dicken Teppichen bedeckt, und an den Wänden hingen wundervoll gewebte Tücher, auf die mit Goldfaden fremdartige Schriftzeichen gestickt waren. In einem Kamin flackerte ein kleines Feuer. An einem kleinen Tisch davor saßen in gewaltigen Ledersesseln Sanna und ein anderer Elhaîn von etwa siebzig Jahren. Er war in prachtvolle Samtge-

wänder gekleidet und trug sein langes graues Haar offen über der Schulter.
»Vater«, sagte Mides mit steinernem Gesicht. »Ich bringe dir unsere Gäste.«
Der Mann erhob sich und nickte den dreien zu. »Seid willkommen in meinem Haus«, begrüßte er sie höflich. »Ich bin Tarnus von Illecia. Ihr habt meine Entschuldigung für die unfreundliche Behandlung. Es war nicht unser Wille, euch zu beleidigen.«
»Kein Problem«, versicherte Art gähnend. »Ich bin Art.«
»Ich bin Jeans, Tochter von Faghun aus dem Geschlecht von Crathar«, erklärte Jeans würdevoll.
Auch Phillo stellte sich vor und hob den Stab. »Wenn mich nicht alles täuscht, haben wir hier etwas für Euch.«
Die Augen von Tarnus weiteten sich unmerklich und er sah Sanna fragend an.
»Ach so«, rief sie, »das hatte ich ganz vergessen. Deswegen wollten wir eigentlich zu Euch. In Bardalar ist uns ein fremder Mann in die Arme gelaufen. Er war tödlich verwundet und wurde von einem anderen Kerl verfolgt. Bevor er starb, hat er uns diesen Stab gegeben und uns gesagt, wir sollten ihn einem Tarnus in Shalaan bringen.«
»Der Mann, der gestorben ist – wie sah er aus? Groß, blondes Haar?«, fragte der Alte mit zusammengekniffenen Augen.
»Richtig«, nickte Art. »Und er hat sich offenbar ziemlich gefreut Sanna zu treffen.«

»Was ist mit dem Verfolger geschehen?«
»Jeans und Phillo haben ihn vertrieben«, erklärte Sanna stolz.
Tarnus setzte sich und legte das Gesicht in die Hände. »Der Mann, der sich Euch anvertraute, war Ägid. Er sollte mir dieses Ding hier überbringen. Ich fürchtete bereits, dass er tot sei.«
»Dann ist der Stab also wirklich für Euch«, stellte Art zufrieden fest. »Prima. Das hat ja zumindest geklappt.«
Wortlos trat Phillo vor und hielt Tarnus den Stab hin. Der Alte sah das weiche Leder eine Weile an und griff dann danach. Sobald sich seine Finger darum geschlossen hatten, durchfuhr ihn ein heftiger Schauer.
»Vater!«, rief Mides und stürzte auf ihn zu. Doch der hob abwehrend die Hand.
»Nein«, stieß er mühsam hervor. »Es ist gut. Ich bin in Ordnung. Es ist nur – diese Kraft. Mach dir keine Sorgen, Sohn.«
Wortlos standen alle um den alten Mann herum, der schließlich den Stab gegen den kleinen Tisch lehnte und dann zu ihnen aufsah. »Ich habe eine Menge zu tun, meine Freunde«, sagte er und stand langsam auf. »Ich bitte Euch, mich nun zu entschuldigen. Wir werden uns morgen unterhalten. Ihr werdet alles erfahren, was Ihr wissen müsst. Mides, führe unsere Gäste zu den Quartieren im Westflügel. Und sorge dafür, dass es ihnen an nichts mangelt. Sie haben uns einen Dienst erwiesen, den wir kaum vergelten können.«

Trotz seiner steinernen Miene konnte man dem jungen Elhaîn sein Erstaunen über diese Worte ansehen. »Natürlich, Vater«, brachte er nach einem winzigen Zögern hervor und wandte sich an die vier Freunde. »Bitte folgt mir.«

Sie gingen ihm hinterher zur Tür hinaus, während Tarnus dastand und den Stab nachdenklich anstarrte.

»Dafür hätte man mich nicht unbedingt wecken müssen«, flüsterte Jeans Art zu.

»Richtig«, kicherte Art. »Aber immerhin wissen wir jetzt, dass Sanna uns nicht vergessen hat. Auch ein Trost.«

Doch als sie ihre Zimmer sahen, gewann die Sache eine neue Seite.

»Nicht schlecht«, lachte Jeans leise und betrachtete das riesige Himmelbett, in dem sich gewaltige Daunendecken türmten. Die Böden waren mit Teppichen belegt, die so weich waren, dass man auf ihnen wundervoll hätte schlafen können. Mides wünschte noch allen eine gute Nacht und verschwand. Die vier schlüpften selig aus ihrer verdreckten Kleidung und warfen sich in ihre herrlich kühlen Betten, die weicher waren als alles, worauf sie in dieser fremden Welt je geschlafen hatten.

Das Lärmen der Händler und Fußgänger tief unter ihrem Fenster weckte Sanna auf, lange nachdem die Sonne aufgegangen war. Genussvoll wälzte sie sich noch eine Weile in den Federn hin und her, bis es schließlich an

die Türe klopfte und ein Dienstmädchen mit einer Schüssel heißem Wasser eintrat. Über dem Arm trug sie ein Handtuch.
»Guten Morgen, Herrin«, sagte sie demütig und stellte die Schüssel auf einem kleinen schmiedeeisernen Tischchen neben dem Bett ab. »Ich hoffe, ich habe Euch nicht aufgeweckt?«
»Nein, ich war schon wach«, sagte Sanna freundlich, gähnte hingebungsvoll und stand auf. Sie fühlte sich großartig. »Danke für das Wasser. Eine gründliche Reinigung kann ich jetzt wirklich vertragen. Wie heißt du denn?«
»Ich bin Arna, Herrin«, sagte das Mädchen und öffnete einen Schrank. »Hier ist frische Kleidung für Euch. Was würdet Ihr bevorzugen?«
»Danke, aber das ist eigentlich nicht nötig«, meinte Sanna und sah sich nach ihrem Bündel um. »Ich habe meine eigenen Sachen dabei. Weißt du zufällig, wo mein Gepäck ist?«
»Eure Kleider werden gerade gewaschen, wie es Herr Mides befohlen hat.«
Einen Moment lang runzelte Sanna die Stirn. Es gefiel ihr nicht besonders, dass in ihren Sachen herumgestöbert wurde, ohne dass man sie vorher gefragt hatte. »Hat er also befohlen?«, meinte sie schließlich und zuckte die Schultern. »Na gut, dann schauen wir mal.«
Sie entschied sich nach kurzem Überlegen für ein luftiges Kleid aus blauer Seide, in dem ihr bestimmt nicht zu

heiß werden würde. Nachdem sie sich gründlich gewaschen hatte, zog sie es über und sah Arna erwartungsvoll an. »Weißt du, ob meine Freunde schon wach sind?«

Das Mädchen schüttelte den Kopf. »Herr Mides hat Anweisung gegeben, sie schlafen zu lassen. Aber er lässt fragen, ob Ihr mit ihm gemeinsam zu frühstücken wünscht?«

»Sicher«, nickte Sanna. »Führe mich doch bitte zu ihm.«

Während Arna sie durch den Turm führte, dachte Sanna kurz darüber nach, ob sie ihre Freunde nicht aufwecken sollte. Zuletzt entschied sie sich aber dagegen. Zum einen hatten sie in letzter Zeit oft genug zusammen gefrühstückt und zum anderen – sie freute sich einfach darauf, mit Mides zusammen zu sein, ohne dass es wieder zu Problemen zwischen ihm und den anderen kam.

Nach kurzer Zeit erreichten sie über eine kleine Wendeltreppe das Dach des Turmes. Die Morgensonne schien bereits warm auf die Stadt herunter und ein leiser Wind strich über Sannas Gesicht. Am Rande der Brüstung war ein kleiner runder Tisch aufgestellt, an dem Mides schon auf sie wartete. Er las in einer Schriftrolle und machte sich auf einem kleinen Zettel Notizen. Sobald er sie bemerkte, legte er die Sachen beiseite und trat ihr entgegen.

»Sanna«, sagte er lächelnd. »Guten Morgen. Ich hoffe, du hast gut geschlafen?«

»Herrlich«, lachte Sanna und musterte ihn unauffällig. Er trug enge schwarze Samthosen und ein besticktes Hemd aus grüner Seide. Seine Augen strahlten wie zwei blaue Sterne in dem dunklen, schönen Gesicht.
»Ich habe seit langem in keinem so bequemen Bett mehr gelegen«, fügte sie hinzu und ließ sich von ihm an den Tisch führen. »Oh Gott, ist das schön!«, entfuhr es ihr, als sie die Aussicht sah.
Vom Turm hatte man einen schier endlosen Blick über die gesamte Bucht und das grüne Land umher. Weit draußen sah man die kleinen dreieckigen Segel der Fischerboote über das glitzernde Wasser gleiten. Eine Weile bestaunte Sanna nur den unglaublichen Blick, dann riss sie sich los, setzte sich an den Tisch und begutachtete die Köstlichkeiten, die hier ausgebreitet waren. Da gab es feines Weißbrot, eine Unzahl von Schinken- und Käsesorten, Früchte und kleine Süßigkeiten, verschiedene Säfte und eine Kanne Milch.
»Das Kleid sieht wundervoll an dir aus«, meinte Mides und setzte sich ihr gegenüber. »Auch wenn es ein wenig schlicht ist. Ich hätte nicht gedacht, dass wir dergleichen unseren Gästen anbieten.«
»Mir gefällt es«, meinte Sanna verlegen. Mides hatte eine Selbstsicherheit, die sie tatsächlich ein bisschen einschüchterte.
»Das ist die Hauptsache«, sagte er lächelnd. »Und der Anhänger passt auch sehr gut dazu. Woher hast du ihn?«

Unwillkürlich fuhr Sannas Hand an ihre Brust und umfasste das Arcanion. »Ein Freund hat ihn mir geschenkt«, meinte sie nach kurzem Zögern. »Ein Bekannter von König Larson.«

»Dann stimmt es tatsächlich?«, fragte Mides beeindruckt. »Du bist mit dem König von Thebul befreundet?«

»Ein wenig«, nickte Sanna und sah sich auf dem Tisch um. »Das sieht alles sehr lecker aus.«

»Ach je, das hätte ich fast vergessen«, rief er. »Aber nun nimm dir doch bitte etwas. Ich weiß, es ist nicht gerade ein Festmahl, aber mein Vater hat eine sehr strenge Meinung, was die Völlerei angeht. In diesem Haus biegen sich die Tische nur selten, außer unter Bücherbergen.«

Sanna lachte etwas überdreht. Sie wusste natürlich, dass er sie mit dieser falschen Bescheidenheit beeindrucken wollte. Aber gerade das schmeichelte ihr doch ziemlich. »Dein Vater arbeitet sehr viel?«, folgerte sie und nahm sich ein Stück Brot.

»Ständig«, nickte Mides lachend. »Er fühlt sich für ganz Shalaan verantwortlich und dabei müssen wir uns noch um unsere Ländereien im Süden kümmern. Meine arme Mutter kommt nur noch selten in die Stadt, da sie sich dort die ganze Zeit aufhält.« Er zuckte die Schultern. »Aber ihr gefällt das Leben dort und irgendwer muss nun mal die Verwaltung vor Ort erledigen. Außerdem helfen ihr ja noch meine beiden Brüder.«

»Und du?«, fragte Sanna. »Tust du auch etwas?«

»Ich und arbeiten? Nie im Leben!«, rief er in gespieltem Entsetzen und seufzte dann. »Normalerweise habe ich alle Hände voll zu tun, um meinem Vater zur Hand zu gehen. Er ist nicht mehr der Jüngste und bald werde ich alles übernehmen müssen. Bis dahin muss ich noch eine Menge lernen.« Sein Blick schweifte über die Stadt unter ihnen. »In diesem Ameisenhaufen weiß man einfach zu selten, wem man trauen kann. Ein Freund meines Vaters pflegt zu sagen: ›In Shalaan bist du erst dann deines Lebens sicher, wenn du im Grab liegst.‹«

»Warum denn das?«, fragte Sanna kauend. »So gefährlich kommt mir die Stadt gar nicht vor.«

»Nach gestern Abend?«, rief er erstaunt. »Ich möchte nicht wissen, wo du sonst noch herumgekommen bist.«

»Nein!«, wehrte Sanna prustend ab. »Ich meine doch nicht für mich. Aber was soll dir denn hier geschehen?«

»Hm«, machte Mides, erhob sich und deutete auf die Türme, die um sie herum aus der Stadt aufragten. »Du siehst dort genau einhunderteinundzwanzig Türme. Jeder Turm steht für ein Geschlecht, das einst die Geschicke der Stadt bestimmte.« Er grinste sie an. »Du kannst raten, wie viele dieser Türme heute noch eine Bedeutung haben. Ich sage es dir: achtundsiebzig.«

»Und die anderen?«, fragte Sanna erstaunt.

Mides zog eine Grimasse. »Entweder sind die Geschlechter ausgestorben oder sie konnten länger als ein Jahr lang kein volljähriges Oberhaupt in die Kammer entsenden. Das Gesetz von Shalaan sagt, dass dann der

Anspruch eines Geschlechts auf seinen Kammersitz verloren ist.« Er setzte sich wieder und spießte ein Stück Käse mit seinem Messer auf. »Und damit auch der Anspruch auf Steuern und sämtlicher Gelder, die über den Handel in die Stadt fließen.«

»Wenn also ein Geschlecht nicht mehr in der Kammer vertreten ist . . .«, schloss Sanna.

». . . dann ist mehr für die anderen übrig«, vollendete Mides den Satz grimmig. »Wie bei einem Wolfsrudel. Das Gesetz wurde einst geschaffen, um der Stadt eine möglichst stabile Regierung zu verschaffen. Doch mittlerweile verbringt ein Großteil der Geschlechter seine Zeit nur noch mit düsteren Plänen, andere aus dem Weg zu räumen.«

»Du auch?«, fragte Sanna grinsend.

»Nicht immer, nein«, lachte er. »Wir besitzen einige Ländereien, die uns einen kleinen Wohlstand sichern. Wir sind auf die Steuern nicht angewiesen. Deshalb bringe ich nur selten andere Leute um. Meine Familie kann auch überleben, ohne in der Kammer vertreten zu sein.«

»Schön zu wissen«, nickte Sanna und sah zur Treppe hin, an der gerade ein Diener erschien. Ihm folgte ein junger Mann von etwa fünfundzwanzig Jahren. Er war nicht besonders groß, aber sehr breitschultrig und unter seinem Hemd wölbten sich gewaltige Muskelpakete. Ein Grinsen glitt über sein gebräuntes Gesicht, als er Mides sah.

»Herr Culius wünscht Euch zu besuchen, Herr«, meldete der Diener und Mides sprang freudig auf.
»Cul!«, rief er und ging dem blonden Mann entgegen. Sie stießen ihre geballten Fäuste gegeneinander und der Neuankömmling schlug ihm freundschaftlich auf die Schulter.
»Mein Vater ist erst vor zwei Tagen wieder in der Stadt angekommen, nachdem er eine Weile geschäftlich unterwegs war. Jetzt wollte er sich endlich mal wieder mit deinem treffen, und da dachte ich, ich sehe auch einmal vorbei«, erklärte Culius. »Wie geht es dir?«
»Hervorragend«, nickte Mides. »Komm und setz dich. Ich habe gestern Nacht einen Gast mit nach Hause gebracht, den du kennen lernen musst. Sanna, dies ist mein Freund Culius von Arsinio. Cul, dies ist Sanna.«
»Ich bin sehr erfreut«, sagte Culius freundlich und deutete eine Verbeugung an. »Seid Ihr neu in der Stadt? Ich wusste nicht, dass es eine Elhaîn Eures Alters hier gibt.«
»Wir sind gestern Abend erst angekommen«, nickte Sanna.
»Sie und ihre Di... und ihre Freunde sind nachts von ein paar seltsamen Gestalten angegriffen worden. Mein Vater schickte mich gerade noch rechtzeitig, um sie zu retten«, fügte Mides hinzu.
»Shalaan ist eine gefährliche Stadt«, grinste Culius und setzte sich. »Mein Vater sagt immer, hier ist man erst im Grab sicher.«

»Davon hat mir Mides schon erzählt«, erwiderte Sanna. »Aber ich dachte, das gilt nur für Angehörige der herrschenden Geschlechter.«

»Du hattest wohl einfach Pech«, meinte Mides lächelnd. »Wobei ich denke, dass mein Vater hierzu noch ein wenig mehr sagen kann. Wir werden ihn nachher treffen.«

»Dann sollten meine Freunde auch aufgestanden sein«, vermutete Sanna. »Wissen sie eigentlich, dass es hier ein Frühstück gibt?«

»Ich denke schon«, erwiderte Mides etwas zu rasch. »Sanna zählt einen Khoganer und einen Lherram zu ihren Freunden«, erklärte er Culius mit hochgezogenen Brauen. »Ich dachte zuerst, sie seien ihre Diener.«

»Den Fehler hätte ich auch gemacht«, erklärte der Mann erstaunt. »Wo kommt Ihr her, Sanna?«

»Aus Thebul«, meinte Sanna ruhig. »Aber nun würde ich doch gerne einmal nach meinen Freunden sehen, wenn es möglich wäre.«

»Natürlich«, nickte Mides und winkte dem Diener, der immer noch an der Treppe stand. »Führe sie zu den anderen Gästen. Wir werden einstweilen unseren Vätern Gesellschaft leisten.«

»Ich wollte mir eigentlich das Pferd ansehen, das du für die *Corridora* nehmen wirst«, hörte Sanna Culius noch sagen, bevor sie im Inneren des Turmes verschwand. »Nur um sicherzugehen, dass du mir keine Gefahr werden kannst.«

»Na seht mal, wer da kommt«, meinte Jeans, als Sanna in den Raum trat, in dem ihre Freunde beim Frühstück saßen. »Wie war dein Treffen mit dem Schnösel?«

»Wen meinst du damit?«, fragte Sanna frostig.

»Dreimal darfst du raten«, lachte Art. »Wie ist er denn so, wenn deine Vanduun-Diener gerade nicht da sind?«

»Er ist eigentlich sehr nett«, meinte Sanna wütend. Plötzlich bereute sie es, hierher gekommen zu sein. »Und ihr könntet euch die blöden Kommentare sparen.«

»Also bitte entschuldige mal«, meinte Phillo versöhnlich. »Der Typ behandelt uns wie den letzten Dreck und wir dürfen nicht mal ein bisschen lästern?«

»Er hat sich gestern doch bei euch entschuldigt«, schnaubte Sanna. »Was wollt ihr denn noch? Dass er euch den Hintern küsst?«

»Das wäre cool!«, gackerte Art.

»Muss er nicht, aber ich tue es auch nicht«, erklärte Jeans gelassen. »Und mal ehrlich – er hat sich vielleicht entschuldigt, aber Leid tut es ihm kein bisschen. Der denkt doch immer noch, dass wir irgendwelche Typen aus der Gosse sind, egal, was sein Vater dazu meint.«

»Super«, höhnte Sanna. »Ich finde endlich auch mal jemanden aus meinem Volk und ihr habt nichts Besseres zu tun, als ihn mir madig zu machen. Vielen Dank!«

»Jetzt beruhige dich und hock dich hin«, stöhnte Phillo. »Wir tun ihm ja nichts. Und du kannst dich mit ihm herumtreiben, solange du willst. Ich fühle mich hier eigentlich ganz wohl.«

»Die Betten sind geil«, pflichtete Art ihm bei. »Dafür bin ich von mir aus auch ein Vanduun. Und ich muss sowieso noch meine Leute in dieser Riesenstadt auftreiben. Meinst du, du kannst Mides fragen, wo ich die finde?«

Phillo nickte. »Gute Idee. Letztlich kann uns Mides noch sehr nützlich sein oder zumindest sein Vater. Ich würde auch gerne wissen, wo ich hier andere Khoganer finde.«

»Er wird euch sicher helfen«, meinte Sanna wieder etwas ruhiger und setzte sich. »Ich finde es ja auch komisch, wie er euch behandelt«, gab sie zögerlich zu. »Aber in dieser Stadt scheint das nun mal so üblich zu sein. Er meint es nicht böse.«

»Wir kommen schon klar«, versicherte Jeans grinsend. »Und jetzt erzähl endlich: Worüber habt ihr geredet?«

Kaum hatte Sanna ihren Bericht abgeschlossen, als ein Diener erschien und sie bat ihm zu folgen. Er führte die Freunde in einen großen, lichtdurchfluteten Raum, in dem bereits Tarnus mit Mides, Culius und einem anderen Mann wartete. Der Letzte war offensichtlich Culius' Vater. Er war ein wenig jünger als Tarnus, vielleicht fünfundsechzig Jahre alt, doch sein Haar hatte immer noch dasselbe Blond wie das von Culius. Sein Gesicht war allerdings von tiefen Sorgenfalten durchzogen und in seinen Augen stand ein seltsames Funkeln. Die Männer saßen an einer langen Tafel, auf der einige Tonkrüge mit Bier und Fruchtsaft standen.

»Meine Freunde«, grüßte Tarnus sie und ging ihnen mit

ausgebreiteten Armen entgegen. »Ich hoffe, Ihr hattet eine gute Nacht.«

»Wunderbar«, rief Art. »Die Betten sind echt prima.«

»Das freut mich. Ich möchte Euch meinen Freund Ramius von Arsinio vorstellen. Und dies ist sein Sohn Culius. Ich hörte, dass Sanna und er sich bereits begegnet sind?«

»Zu meinem großen Vergnügen«, fügte Culius lächelnd hinzu und musterte die anderen mit einem unauffälligen Blick, den Jeans eisern erwiderte, die Hände auf ihre Schwertgriffe gestützt.

»Nun gut, setzt Euch zu uns«, sagte Tarnus und bedeutete ihnen, näher zu treten. »Wir haben eine Menge zu besprechen.«

»Du spannst mich auf die Folter, Tarnus«, brummte Ramius. »Ich hoffe, du lässt nun endlich die Katze aus dem Sack.«

»Keine Sorge, mein Freund«, beschwichtigte ihn der Alte und ging zu einer Truhe unter dem Fenster, während sich die anderen an den Stühlen um die Tafel niederließen. »Vor etwa zwei Monaten bekam ich die Nachricht, dass ein Bote namens Ägid auf dem Weg nach Shalaan sei«, berichtete er, griff in die Truhe und hob den Stab empor, der immer noch in das Leder eingewickelt war. »Er sollte mir dies hier bringen. Ein Bekannter von mir hat das Ding in die Hände bekommen. Dieser Stab ist ein uraltes Werkzeug dunkler Macht und er stellt eine Gefahr dar, die kaum ein Mensch ermessen kann.«

»Was soll das heißen?«, fragte Ramius stirnrunzelnd. »Warum wolltest du ihn haben?«
»Gedulde dich noch einen Moment«, bat Tarnus, wickelte den Stab langsam aus und legte ihn vor der Versammlung auf den Tisch. »Ich selbst wollte ihn nicht haben. Aber mein Bekannter wusste, dass ihn jemand anderes haben will, und das zwang ihn zu handeln. Denn dieses verfluchte Ding darf niemandem in die Hände fallen, der damit Unheil anrichten könnte. Er wollte ihn mir anvertrauen, bevor es zu spät dafür war.«
»Und wer war dieser jemand?«, fragte Mides, der den Stab misstrauisch anstarrte. Sanna erkannte, dass er dasselbe unheimliche Gefühl bei dem Ding hatte wie sie selbst.
»Ich weiß es nicht«, gab der Alte zu. »Ägid wurde in Bardalar ermordet. Doch er konnte den Stab noch an unsere Freunde hier übergeben. Daraufhin reisten sie nach Shalaan, um ihn mir zu bringen.« Tarnus stockte kurz. »Aber irgendwie hat der Mann, der auch Ägid ermorden ließ, sie hier aufgespürt und ließ sie erneut angreifen.«
»Der Vogel!«, rief Art und sprang auf. »Das Mistvieh hat uns gefunden!«
»Welcher Vogel?«, fragte Culius verwirrt.
»Als wir auf dem Schiff hierher waren, hat uns ein gewaltiger Rabe überholt«, erklärte Jeans. »Er kam aus dem Osten, hat uns ein paar Mal umkreist und ist dann weitergeflogen. Gestern Nacht ist er plötzlich vor dem Fenster unserer Herberge herumgeflattert.«

»Was habt Ihr getan?«, erkundigte sich Culius.
»Wir sind sofort geflohen«, grollte Phillo. »Und dann haben uns diese Kerle angegriffen.«
»Der unbekannte Feind hat fünf seiner Diener ausgesandt, um unsere Freunde anzugreifen«, erklärte Tarnus. »Er gab ihnen Kräfte, denen kein Sterblicher gewachsen war.«
»Allerdings«, knurrte Jeans. »Diese Mistkerle waren echte Supermänner.«
Tarnus lächelte. »Euer Glück war, dass Sanna mich zu Hilfe rufen konnte. Ich konnte das Band zwischen den Häschern und ihrem Meister rechtzeitig unterbrechen und so konntet Ihr Eure Feinde besiegen.«
»Moment!«, rief Culius beeindruckt. »Ihr habt ohne Hilfe fünf bewaffnete Männer erschlagen?«
»Meiner war nur ohnmächtig«, meinte Art bescheiden.
»Wie hat Euch Sanna denn zu Hilfe gerufen?«, fragte Phillo verwirrt.
»Sie hat Euch anscheinend nichts von den Kräften einer Elhaîn erzählt«, lächelte Tarnus nachsichtig. »Aber unserem Volk ist es gegeben, dass wir uns noch auf anderen Wegen verständigen können als nur mit Worten.«
»Nein«, nickte Phillo langsam und warf Jeans einen Blick zu, die noch überraschter aussah als er. »Nein, davon hat sie nie etwas gesagt.«
Tarnus' Faust donnerte auf den Tisch nieder. »Leider konnte unser Feind den Tod seiner eigenen Männer bewirken, sodass wir sie nicht mehr verhören können«,

schnaubte er und lehnte sich dann zurück. »Aber eines spürte ich immerhin, als ich das Band zwischen ihnen und ihrem Meister gebrochen habe: Unser Feind ist hier in Shalaan.«

Es dauerte eine Weile, bis alle diese Neuigkeit verdaut hatten. Schließlich schüttelte Jeans den Kopf. »Wie soll er denn so schnell hierher gekommen sein?«, fragte sie. »Wir haben das erste Schiff nach Shalaan genommen, das wir kriegen konnten. Er kann uns nicht überholt haben.«

Tarnus zuckte die Schultern. »Ich weiß es auch nicht. Aber es ist nicht einmal sicher, ob er je im Osten war. Vielleicht hielt er sich die ganze Zeit über schon in der Stadt auf.«

»Oder er verfügt über Fähigkeiten, die es ihm trotz allem ermöglicht haben, zur gleichen Zeit wie Ihr in Shalaan anzukommen – vielleicht sogar früher«, meinte Ramius düster. »Ich besitze ein Buch, das sich mit der Methode der Körperverwandlung befasst.«

»Richtig«, nickte Tarnus. »Ihr habt an Euren Angreifern gesehen, über welche Kraft unser Feind verfügt. Niemand kann ausschließen, dass er im Körper dieses Raben gesteckt hat.«

»Seine Kraft haben wir gesehen, das stimmt«, murmelte Phillo. Plötzlich hatte er wieder das Bild des Mannes vor Augen, der in wenigen Sekunden zu Staub zerfallen war.

»Ich kann einmal nachlesen, ob schon dergleichen Verwandlungen beobachtet wurden«, schlug Ramius vor. »Es mag sein, dass wir unserem Gegner besser gerüstet gegenüberstehen, wenn wir seine Fähigkeiten einschätzen können.«

»Deshalb habe ich Euch hierher gebeten, Ramius«, lächelte Tarnus. »Ich bin nur froh, dass Ihr gerade rechtzeitig wieder hier seid. Außer mir seid Ihr der Einzige in der Stadt, der sich mit solchen Dingen ein wenig auskennt.«

»Zumindest der Einzige, dem man trauen kann«, berichtigte Mides seinen Vater grimmig.

»Da hast du leider Recht«, gab Tarnus zu. »Und nun haben wir noch Sanna an unserer Seite. Ihre Kräfte können uns sicher auch von Nutzen sein.«

»Kleinen Moment bitte!«, meinte Jeans und starrte Sanna stirnrunzelnd an. »Jetzt wüsste ich es doch mal ganz gerne genau: Was für Kräfte meint er?«

Sanna zuckte die Schultern. »Tut mir Leid, aber ich weiß es auch nicht wirklich. Tarnus, könnt Ihr es uns allen erklären? Was habe ich für Kräfte?«

Der Alte sah die vier Freunde erstaunt an. »Mides hat mir schon berichtet, dass Ihr aus Thebul stammt. Aber er hat mir verschwiegen, dass du gar nichts über dein Volk weißt, Sanna. Wer hat dich denn großgezogen?«

Mit einem verlegenen Lächeln sah Sanna Hilfe suchend ihre Freunde an. Seit ihrer Ankunft hatte sie diese Frage befürchtet. Sie wollte Mides und seinen Vater einfach nicht anlügen. Mit einem Mal verstand sie, warum Jeans ihrem Vater die Wahrheit gesagt hatte.

»Sie weiß es nicht genau«, erklärte Phillo rasch, als er ihre Verlegenheit bemerkte. »Wir alle haben unser Gedächtnis verloren. Vor einiger Zeit sind wir gemeinsam in Thebul in einem Wald aufgewacht, ohne uns an wenig mehr zu erinnern als an unsere Namen. Keiner von uns weiß noch etwas von seinem Volk, woher er stammt oder auch nur, wer seine Eltern waren. Wir reisen herum und hoffen alle, etwas über uns selbst zu erfahren.« Er strich sich nachdenklich über den Kopf. »Jeans hier hat erst vor wenigen Wochen ihren Vater kennen gelernt. Wir anderen tappen noch völlig im Dunkeln.«

»Das ist schwer zu glauben«, meinte schließlich Culius in die Stille hinein, die Phillos Erklärung folgte. »Was bitte soll denn bewirkt haben, dass Ihr alle vier Euer Gedächtnis verloren habt?«

»Hätte ich mein Gedächtnis nicht verloren, könnte ich es Euch wohl sagen«, grollte Phillo und seine Augen blitzten düster. »Und wenn Ihr es nicht glauben wollt, dann lasst es eben und denkt Euch etwas aus, was Euch besser gefällt.«

»Wählt Eure Worte ein wenig behutsamer, Khoganer«, schnaubte der blonde Mann. »Oder es kann geschehen, dass . . .«

»Das würde Sannas Verwirrung erklären«, unterbrach Mides rasch seinen Freund und sah seinen Vater an. »Als ich sie fand, bin ich in ihren Geist eingedrungen, um sie ein wenig zu beruhigen. Sie wehrte sich nicht dagegen, aber ich hatte das Gefühl, dass eine Geistesberührung für sie etwas völlig Neues war. Natürlich habe ich es auf ihre Angst und Aufregung geschoben, aber so hört sich das Ganze wesentlich sinnvoller an.«

»'tschuldigung, kann jetzt endlich mal einer erklären, worum es hier geht?«, rief Art genervt. »Ich verstehe nämlich gar nichts mehr.«

Tarnus runzelte die Stirn und lehnte sich in seinem Stuhl zurück. »Nun gut, dann werde ich versuchen es Euch begreiflich zu machen«, meinte er. »Die Angehörigen unseres Volkes haben die Gabe, alleine mit der Kraft ihres Geistes verschiedene Dinge zu bewirken.« Er sah sich im Zimmer um und schnippte zerstreut mit den Fingern, worauf ein silberner Becher von einem Wandbord durch die Luft schwebte und sanft vor ihm auf dem Tisch landete. »Dergleichen gehört beispielsweise dazu«, lächelte er, als die Freunde ihn mit weit aufgerissenen Augen anstarrten. »Einigen von uns ist die Kraft gegeben, Krankheiten zu heilen. Andere können ein Feuer im Kamin entzünden, ohne auch nur im selben Raum zu sein. Kein Elhaîn weiß bis zu einem gewissen Alter genau, welche Fähigkeiten er besitzt. Einige Kräfte sind jedoch allen Elhaîn gemein. So können wir miteinander sprechen, ohne unsere Zungen zu bewegen und über Entfernungen hinweg, die eine Stimme nicht mehr überwinden kann.«

»Habt Ihr das damit gemeint, als Ihr sagtet, dass ich Euch gerufen hätte?«, fragte Sanna aufgeregt, der endlich einiges klar wurde.

»Ganz genau«, sagte Tarnus. »Ich hätte es dir schon früher erklärt, aber auch ich konnte nicht ahnen, dass du nichts über dich und deine Kräfte weißt. In deiner Angst vor den Angreifern hast du einen so gewaltigen Ruf um Hilfe ausgesandt, dass er mich sofort erreicht hat. Daraufhin habe ich ein wenig gefühlt, was in der Stadt gerade geschah. Dabei bin ich auf das Band zwischen unserem Feind und euren Verfolgern gestoßen und habe es getrennt, während Mides Euch zu Hilfe eilte.«

»Und mit der Trennung dieses Bandes konnten wir die Kerle erledigen«, folgerte Jeans. »Okay, alles klar. Danke, Sanna. Gut gemacht.«

»Gern geschehen«, murmelte Sanna. Sie war noch wie betäubt von diesen Neuigkeiten. Seit sie zum ersten Mal in dem Elhaîn-Körper gesteckt hatte, war ihr klar gewesen, dass sie ein seltsames Geheimnis in sich barg. Oft hatte sie manches einfach gespürt, ohne es sich erklären zu können, und bisweilen waren auch die seltsamsten Dinge geschehen, einfach nur weil sie es sich mit aller Kraft gewünscht hatte!

Jeder Gedanke an den unsichtbaren Feind war wie weggeblasen. Sie konnte nur noch daran denken, dass sie mehr über sich und ihre Fähigkeiten herausfinden musste.

Art schnalzte mit der Zunge. »Cool«, meinte er beeindruckt. »Sanna kann zaubern. Nicht schlecht.«

»Mit Zauberei hat das wenig zu tun«, widersprach Mides etwas verärgert. »Die Kräfte unseres Volkes sind angeboren. Es ist ein Privileg, das uns von unseren Göttern verliehen wurde.«

»Das gehört nicht hierher, Mides«, wies Tarnus ihn zurecht. »Unsere Aufgabe ist es nun, den Feind aufzuspüren und ihn zu vernichten.«

»Wie willst du das anstellen?«, fragte Ramius. »Und wen willst du noch einweihen?«

»Niemanden«, war die entschiedene Antwort. »Stell dir vor, was geschieht, wenn es heißt, ein böser Hexer sei in Shalaan.«

»Ihr habt Recht«, nickte Culius grimmig. »In wenigen Tagen gäbe es die ersten Anschuldigungen gegen die verschiedensten Leute. Und nach zwei Wochen wahrscheinlich die ersten Anschläge.«

»Zum Beispiel gegen uns«, lachte Ramius bitter. »Seit der letzten Sitzung der Kammer weiß ich sicher, dass Tarnus der Einzige ist, der uns noch unterstützt. Ich weiß schon nicht mehr, warum ich überhaupt noch im Rat bin.«

Culius verzog das Gesicht. »Bah, das siehst du etwas schwarz, Vater.«

»Nenne mir nur ein Geschlecht außer unseren Freunden hier, das sicher auf unserer Seite steht, verflucht!«, schnaubte Ramius und hieb mit der Faust auf den Tisch, dass die Becher tanzten. »Seit dem Tod deines Bruders sind wir zu schwach geworden. Unsere Freundschaft ist nichts mehr wert! Oder warum hast du noch keine Frau gefunden?«

»Vater!«, stieß Culius gepresst hervor. »Das sollten wir andernorts besprechen, denke ich!«
Mit einem zittrigen Seufzer nickte Ramius. »Richtig. Verzeih mir. Wir müssen über unseren Feind sprechen. Tarnus, wie willst du ihn finden?«
Der Alte zuckte mit den Schultern. »Auf zwei Arten. Zum einen werde ich versuchen ihn mit meinen Mitteln aufzuspüren. Zum anderen sollten wir einfach in der Stadt herumfragen, ob jemandem etwas Ungewöhnliches aufgefallen ist. Wir haben die Schwerter und Kleider der Männer, die unsere Freunde gestern Nacht angegriffen haben. Und alle trugen einen Anhänger mit einem mir unbekannten Symbol. Ich bin mir sicher, dass zumindest einige der Sachen in Shalaan gekauft wurden. Wenn wir herausfinden, wer die Männer waren, kann uns das vielleicht zu ihrem Meister führen.«
»Das könnten Mides und ich übernehmen«, nickte Culius. »Vielleicht will Sanna uns ja dabei helfen.«
»Gute Idee«, stellte Jeans fest, ohne mit der Wimper zu zucken. »Und wir machen derweil einen schönen Stadtbummel.«
»Meine Freunde helfen sicher auch gerne«, versicherte Sanna hastig. »Oder nicht?«
»Wenn es sein muss«, erwiderte Phillo gleichgültig. »Wir können die Zeit sicher auch anders totschlagen.«
»Ich wäre Euch dankbar, wenn Ihr uns helfen würdet«, erklärte Tarnus mit fester Stimme und lächelte die Freunde entschuldigend an. »Zudem es von Vorteil sein

kann, einen Lherram an unserer Seite zu haben. Wenn es darum geht, die Werkstatt zu finden, in der die Anhänger gefertigt wurden, zum Beispiel.
»Wieso denn?«, fragte Art verblüfft.
»Ich vergaß«, nickte der Alte. »Ihr kennt Eure Brüder in Shalaan nicht. Aber die besten Silberschmiede Shalaans sind immerhin die Lherram. Und diese Anhänger sind mit Sicherheit ihre Arbeit.«
»Echt? Ist ja geil!«, rief Art und sprang auf. »Dann lerne ich endlich mal meine Leute kennen!«
»Ihr werdet uns helfen?«
»Logo! Wann geht's los?«
»So bald wie möglich«, meinte der Alte und stand auf. »Unser Feind wird nicht ruhen, fürchte ich. Und dass er erfährt, wo der Stab verblieben ist, wird nur eine Frage der Zeit sein. Ihr solltet noch heute mit Euren Nachforschungen beginnen.«
»Das könnte schwierig werden, Vater«, warf Mides ein. »Die *Corridora*«, fügte er hinzu, als Tarnus ihn fragend ansah. »Sie findet morgen statt. Die Leute schmücken bereits alle Straßen. Und Cul und ich müssen noch ein bisschen trainieren.«
»Dieses verfluchte Rennen!«, schnauzte Ramius. »Und das nur, um die Leute in der Stadt zu unterhalten. Wie viele Verletzte gab es letztes Jahr? Zwölf? Dreizehn?«
»Es waren nur neun, und es ist nicht nur zur Unterhaltung, Vater«, seufzte Culius.
»Was ist denn diese *Corridora?*«, fragte Jeans.

»Ein Pferderennen quer durch die Stadt«, erklärte Mides und lächelte nachsichtig über Ramius' verbiesterten Gesichtsausdruck. »Von allen Geschlechtern nehmen die ältesten Söhne daran teil. Das Rennen erinnert daran, wie vor etwa fünf Jahrhunderten die Menschen der Stadt von einem furchtbaren Fluch heimgesucht wurden. Damals spie die Erde schreckliche Kreaturen aus, die über die Stadt herfielen und alles töteten, was ihnen in den Weg kam. Die jungen Männer der Stadt waren damals gerade in einen Krieg mit einem Volk von Wilden im Hinterland verstrickt. Als sie erfuhren, was in der Heimat geschah, ritten sie wie der Blitz nach Hause und erschlugen die Monster. Mit der *Corridora* wird noch heute an die Tapferkeit dieser Männer erinnert.«
»Das ist doch Unfug«, knurrte Ramius. »In den Büchern deutet alles auf einen Bürgerkrieg hin, der schließlich zu einer vernichtenden Niederlage der einen Seite führte. Dieses Rennen ist nichts anderes als ein Triumphzug der Sieger in einem Bruderkrieg.«
»Du bist doch selbst schon mehrere *Corridoras* geritten, Vater«, lachte Culius. »Also lass uns den Spaß.«
»Bei mir hing auch nicht das Schicksal der Familie davon ab, ob ich unter Pferdehufen zu Brei zertrampelt werde, mein Sohn.«
»Wenn einer zu Brei zertrampelt wird, dann höchstens dieser Kriecher von Lhew«, lachte Mides. »Den Hundesohn werde ich dieses Jahr persönlich in eine Seitengasse schicken.«

»Den lässt du gefälligst mir«, protestierte Culius und grinste wölfisch. »Ich habe auch noch ein Hühnchen mit ihm zu rupfen.«

»Na gut«, nickte Tarnus. »Dann bereitet ihr beide euch mal auf das Rennen vor. Eure Väter haben anderes zu tun.«

»Und wir?«, fragte Art eifrig. »Was sollen wir derweil machen?«

»Ihr könntet unsere schöne Stadt ansehen«, schlug Mides vor. »Ich werde einen Mann abstellen, der Euch ein wenig herumführt. Vielleicht findet Ihr ja schon etwas über diese Anhänger heraus. Und solange Phillo bei Euch ist, solltet Ihr eigentlich nichts zu befürchten haben.« Er sah Sanna an. »Willst du dir die Pferde ansehen, die wir morgen zu Schanden reiten?«

Sanna schüttelte rasch den Kopf, bevor Jeans zu einer Bemerkung ansetzen konnte. »Nein, danke. Ich werde ein bisschen mit meinen Freunden herumziehen. Die Stadt will ich mir auf keinen Fall entgehen lassen.

»Sehr schön«, nickte Phillo grinsend. »Dann werden wir mal sehen, ob wir ein paar haarige Freunde für Art auftreiben können.«

»Und ein paar Eidechsen für dich«, fügte Art hinzu.

»Wartet einen Augenblick«, meinte Tarnus. »Ich schulde Euch noch etwas. Immerhin habt Ihr Euer Leben riskiert, um mir diesen verfluchten Stab zu bringen.« Er griff an seinen Gürtel und reichte Sanna einen prall mit Münzen gefüllten Beutel. »Solange Ihr in Shalaan seid, sollt Ihr nicht auch noch für Euren Unterhalt aufkommen müssen.« Damit streifte er einen Siegelring mit seinem Wappen vom Finger. »Wenn Ihr etwas erwerben wollt, wofür das Geld nicht reicht, zeigt diesen Ring und beruft Euch auf mich. Ich werde für alles aufkommen. Das sollte reichen, um jeden Handel abzuschließen.«

»Das ist sehr großzügig, danke«, sagte Sanna verlegen.

»Das Wenigste, was ich tun kann«, wehrte der Alte ab. »Ich wünsche Euch viel Spaß.«

Eine halbe Stunde später traten sie aus dem Tor des Turmes auf die Straße hinaus. Der Mann, der sie begleitete, war etwa dreißig Jahre alt und hieß Volias. Er trug ein Kettenhemd unter dem Umhang und an seinem Gürtel baumelte ein langes Schwert. Es war offensichtlich, dass Mides nicht alleine auf Phillos Kraft und Jeans' Schwerter vertrauen wollte, wenn Sanna in der Stadt unterwegs war. Doch trotz seiner kriegerischen Ausrüstung hatte der Mann ein freundliches Grinsen und neben seinen Augen konnte man deutlich die Lachfältchen erkennen.

»Was wollt Ihr denn sehen?«, fragte er und musterte die vier Freunde. »Herr Mides hat gesagt, Ihr wollt vielleicht das Fremde Viertel besuchen.«

»Ich vermute mal, im Fremden Viertel findet man besonders viele Vanduuns?«, fragte Jeans grinsend.

»Ganz genau«, sagte Volias verschmitzt. »Obwohl ich selbst die braven Leute dort nie im Leben so nennen würde.«

»Versteht sich«, meinte Phillo lachend. »Gut, dann gehen wir mal.«
Staunend wanderten die Freunde durch die Straßen Shalaans. Zum ersten Mal sahen sie die Stadt bei hellem Tageslicht und bewunderten die sorgfältig gemauerten Häuser und einladend gestalteten Plätze. Shalaan war offensichtlich eine reiche Stadt. Hier im Zentrum fand sich fast an jeder Ecke ein reich verzierter Brunnen oder eine Statue. Das Pflaster war gepflegt und sauber und immer wieder kamen sie an einer Patrouille der Stadtwache vorbei. Die Soldaten musterten sie zwar kurz, doch Sanna und Volias stellten sicher, dass sich die Fremdlinge zu Recht im Zentrum aufhielten. Nach einiger Zeit überquerten sie wieder den kleinen Fluss, der die anderen Viertel vom Zentrum der Stadt trennte.
»Warum leben Vanduuns eigentlich nur jenseits dieses Flusses?«, fragte Phillo. »Ist es ihnen verboten, auf die andere Seite zu gehen?«
»Das nicht«, meinte Volias.»Aber wohnen dürft Ihr außerhalb des Fremden Viertels nur, wenn Ihr wie jetzt gerade bei jemand zu Gast seid. Ihr dürftet dort weder ein Haus kaufen noch eines mieten. Das ist seit Jahrhunderten Gesetz.«
»Ich nehme an, es gibt hier kein Geschlecht, das in der Kammer vertreten ist, oder?«, fragte Jeans skeptisch.
»Die Bewohner des Fremden Viertels haben auch alle ihre Patrone«, erwiderte Volias schulterzuckend. »Man

muss nicht unbedingt in der Nähe eines Turmes wohnen, um den Schutz eines der Geschlechter zu haben.«
Die Freunde zweifelten zwar daran, dass die Vanduuns in Shalaan tatsächlich so gut gestellt waren, wie Volias behauptete, aber er schien es zumindest selbst zu glauben, weshalb ihm niemand widersprach.
Stattdessen liefen sie mit weit geöffneten Augen durch die engen und verwinkelten Gassen. Je weiter sie sich von dem kleinen Fluss entfernten, desto chaotischer wurde die Architektur. Um Platz zu gewinnen, waren die Häuser teilweise nach oben hin immer breiter gebaut, sodass sie bisweilen einige Meter über der Straße fast zusammenstießen. Wo immer genug Platz war, hatten Händler ihre Zelte und Buden aufgestellt und boten alle möglichen Waren an, von den exotischsten Lebensmitteln bis hin zu seltsamen Tieren.
An einem Stand kauften sie sich auf Volias' Empfehlung hin ein seltsames bläuliches Getränk, in dem feine Bläschen aufstiegen. »Jaktarisches Wasser«, erklärte er und prostete ihnen zu. »Ein wundervolles Zeug. Man sollte nur nicht mehr als einen Becher davon nehmen, sonst wird einem speiübel.«
Die Freunde nippten daran. Ein herrlich frischer, herbsüßer Geschmack breitete sich auf ihren Zungen aus, als hätte man den Duft einer Frühlingswiese verflüssigt. Gierig stürzten sie es hinunter und wanderten weiter.
»Jetzt kommen wir gleich zur Silbergasse«, kündigte Volias an und wandte sich an Art. »Hier werdet Ihr si-

cher Angehörige Eures Volkes treffen. Ihr braucht nur einen der Läden zu betreten.«

Sie bogen in eine große Seitenstraße ab, in der sich ein Laden an den anderen reihte. In durch Drahtgitter geschützten Auslagen wurden die verschiedensten Schmuckstücke angeboten, von kleinen Ringen und Broschen bis hin zu großen Diademen und Halsketten. Nichts davon sah wirklich teuer aus, da es meist nur Silber mit Halbedelsteinen war. Offensichtlich verwahrten die Silberschmiede ihre wertvolleren Stücke in der Sicherheit der Läden. Dennoch staunten die Freunde über die Kunst, die man schon diesen Stücken ansah.

»Okay«, murmelte Art und marschierte einfach in den nächstbesten Schmuckladen.

Im Halbdunkel des Ladens strahlte eine einzelne Lampe über einem Tischchen. Ein gewölbter Metallspiegel bündelte das Licht auf einen kleinen Punkt der Arbeitsfläche. Der Lherram, der daran stand und mit zwei feinen Zangen an einem Stück Silberdraht herumfummelte, wandte sich Art erst nach einiger Zeit zu.

Dies gab Art die Zeit, den Ladenbesitzer genauer anzuschauen. Er trug sehr aufwändige und teure Kleidung. Das gab Art noch mehr zu denken als dessen komisches, ruhiges Verhalten. Ihm selbst war Kleidung in jeder Hinsicht lästig und er trug seine dünne Hose und das feine Seidenhemd nur, um den guten Sitten zu genügen.

Endlich legte der Lherram seine Zangen hin und trat Art

entgegen. »Ich grüße Euch«, sagte er freundlich. »Was kann ich für Euch tun?«
»Ich bin neu in der Stadt«, erklärte Art einfach. »Und ich wollte endlich mal andere Lherrams kennen lernen.«
Das Gesicht des Silberschmiedes wurde plötzlich völlig ausdruckslos. »Ihr seid nicht aus Shalaan?«, fragte er noch einmal nach und Art nickte. »Dann solltet Ihr vielleicht woanders nach Gesprächspartnern suchen«, empfahl er. »Wir hier in Shalaan sind ein wenig anders als unsere ehemaligen Brüder von außerhalb.«
»Was soll denn das heißen?«, rief Art entgeistert aus. »Willst du mich verarschen? Was meinst du mit anders?«
Mit seinen großen Hundeaugen starrte der Lherram ihn abweisend an. »Wir in Shalaan sind zivilisiert geworden«, erklärte er und wandte sich wieder seinem Arbeitstisch zu. »Wir haben uns über Generationen hinweg hart den Respekt der Menschen hier erarbeitet. Wir stehlen nicht, wir stellen keine überflüssigen Fragen und wir sprechen niemanden an, der das nicht will.« Er warf Art einen Blick über die Schulter hinweg zu. »Entweder Ihr verhaltet Euch in dieser Stadt, wie es sich gehört, oder Ihr geht besser wieder. Hier gibt es keinen Platz für Wilde.«

WIE betäubt kam Art aus dem Laden gestolpert. Die anderen bestaunten gerade die Auslage eines Geschäftes auf der anderen Straßenseite.

»Und?«, fragte Jeans, als sie ihn bemerkte. »Wie war's?«

Art sah zu ihr hoch. »Die Typen hier sind Spießer geworden«, erklärte er völlig fassungslos. »Die versuchen menschlicher zu sein als die Menschen. Der hat mir gesagt, ich sollte aus der Stadt verschwinden.«

»So eine Unverschämtheit!«, rief Volias empört. »Ihr seid ein Gast von Tarnus von Illecia. Ihr solltet mit Herrn Tarnus sprechen, damit er den Patron dieses Kreises bittet ihn zu ermahnen.«

»Immer mit der Ruhe«, mahnte Sanna. »Art, was soll das heißen? Wieso Spießer?«

»Der Typ hat gesagt, dass alle Lherram, die nicht aus Shalaan sind, Wilde wären«, sagte Art und kratzte sich nachdenklich am Kopf. »Er hatte wohl Angst, dass ich seinen Ruf ruinieren könnte.«

»Das heißt, dass du hier keine Freunde finden wirst«, folgerte Sanna in echtem Mitgefühl. »Schade.«

»Wieso?«, fragte Jeans grinsend. »Er muss sich halt ändern. Ich bin mir sicher, dass Art ein toller Spießer wird.«

»Allerdings«, lachte Art. »Ich brauche nur neue Klamotten mit Troddeln und Goldlitzen und dann sollte das kein Problem sein. Wenn diese Typen hier spinnen, spinne ich halt auch.« Doch auch wenn ihm die Vorstellung gefiel, sich so zu verkleiden, tat es ihm Leid, dass seine Brüder in der Stadt für ihn so eine Enttäuschung waren. Er hatte sich sehr darauf gefreut, endlich einmal jemanden zu finden, der ihm etwas ähnlicher war als seine Freunde. Und nun waren ihm die Lherram hier ungefähr so ähnlich wie sein Mathelehrer.

»Aber das alleine hilft uns noch nicht bei unserer Suche nach unserem Mister X«, erinnerte Phillo sie an ihr eigentliches Vorhaben und sah Sanna an. »Hat dir Tarnus eigentlich den Anhänger gegeben?«

»Ja, hat er«, nickte Sanna und fummelte aus einer Tasche ein kleines Schmuckstück hervor. Die Freunde scharten sich um sie und betrachteten das Ding. Es war ein rund geschliffener schwarzer Stein, aus dessen Mitte eine goldene Schlange zu kriechen schien, die sich in mehreren Windungen auf den Rand zubewegte. Ihre Augen waren zwei winzige Rubine und ihre Haut war so perfekt geritzt, dass man jede einzelne Schuppe erkennen konnte.

»Sieht nicht gerade freundlich aus«, meinte Jeans schließlich. »Ist aber wunderschön gemacht. Was meint Ihr, Volias?«

Ihr Führer starrte den Anhänger einen Moment lang wie betäubt an. Als Jeans seinen Namen aussprach, zuckte er zusammen. »Was? Äh, ja, das ist mit Sicherheit eine Arbeit, die in dieser Straße hergestellt wurde«, stotterte er. »Wenn Ihr allerdings den Auftraggeber sucht, solltet Ihr sehr genau zu Rate gehen. Soweit ich weiß, sind die Silberschmiede hier nicht besonders gesprächig, was ihre Kunden angeht. Im Grunde recht lobenswert.«

»Das mag sein, aber wir müssen wissen, wem dies gehört«, meinte Sanna entschlossen und steckte den Anhänger wieder ein, bevor ein anderer das Stück zufällig sehen konnte. »Art, was meinst du? Schaffst du es, einen Auftritt hinzulegen, der einen echten Shalaaner überzeugt?«

Art zuckte die Schultern. »Ich denke schon«, nickte er. »Gib her, dann versuche ich mal mein Glück.«

Sanna ließ den Anhänger in seine Hand gleiten und er marschierte auf einen Laden zu, der ihm Vertrauen erweckend schien. Hier war der greise Besitzer gerade damit beschäftigt, einen jungen Mann zu bedienen, der einen Ring für seine Verlobte suchte.

Mit Mühe erinnerte Art sich an seine neue Rolle und wartete still im Hintergrund, bis der Kunde sich bedankt und den Laden verlassen hatte. Erst dann verneigte er sich knapp vor dem alten Lherram, der ihn mit einem Nicken begrüßte.

»Was kann ich für Euch tun?«, fragte der Alte. Sein runzeliges Gesicht war von einem dichten grauen Flaum bedeckt und er blinzelte Art kurzsichtig an.

»Nun«, meinte Art und zog den Anhänger hervor. »Meinem Herrn ist dieses Schmuckstück in die Hände gefallen. Es gefällt ihm ausgezeichnet und er möchte gerne herausfinden, wer es gefertigt hat, um dem Künstler vielleicht einen andern Auftrag zu geben.«

Als der Silberschmied den Anhänger mit einem prüfenden Blick entgegennahm, musste Art sich sehr zusammenreißen, um seine Hände am Zittern zu hindern. Er hatte sich diese Geschichte eben noch rasch zusammengereimt und nun war er doch zu gespannt, ob der alte Lherram sie ihm abnehmen würde.

»Ein schönes Stück, tatsächlich«, nickte der Alte und gab ihm den Anhänger zurück. »Ich kann Euch nicht mit Sicherheit sagen, wer es gemacht hat. Aber ich an Eurer Stelle würde einmal Masao fragen. Ihr wisst schon, der Laden an der Färbergasse.«

»Gute Idee, danke«, nickte Art freundlich und ging wieder hinaus. »Ich weiß jetzt vielleicht, wer die Dinger gemacht hat«, rief er seinen Freunden zu. »Wo ist die Färbergasse?«

»Keine hundert Schritte weiter«, sagte Volias. »Wie heißt denn der Schmied?«

»Masao«, meinte Art und marschierte los.

»Dann hat unser unbekannter Auftraggeber wirklich Geld wie Heu«, stellte Volias etwas übertrieben grimmig fest, während sie die Silbergasse hinuntergingen. »Masao kenne sogar ich. Er ist der beste Silberschmied in Shalaan. Einmal habe ich dort nach einem Geschenk gesucht. Gefunden habe ich jede Menge schöne Dinge, nur nichts, was ich auch hätte bezahlen können.«

»Vielleicht sollten wir uns ja auch mal umschauen«, schlug Sanna grinsend vor. »Ich habe in den Auslagen schon so tolle Sachen gesehen. Und wenn Tarnus alles zahlt . . .«
»Stimmt«, meinte Jeans. »Wie wäre es mit einer neuen Krone für Larson? Die alte wirkt so billig.«
»Ich würde gern meiner Mutter . . .«, sagte Phillo nachdenklich, verstummte dann aber. Es war irgendwie seltsam, sich inmitten dieser wundersamen Stadt an seine Eltern zu erinnern. Trotzdem hatten die anderen seine Worte verstanden und legten den restlichen Weg in nachdenklichem Schweigen zurück. Keiner von ihnen konnte sich noch daran erinnern, wann er das letzte Mal an seine Eltern oder Freunde zu Hause gedacht hatte. Sie waren einfach schon zu lange in dieser fremden Welt.
»Das ist es«, sagte Volias und deutete auf ein Eckhaus vor ihnen. Im Vergleich zu den anderen Läden war dieser mit Abstand der unauffälligste. Hier gab es keine Auslagen und nicht einmal ein Schild deutete auf das Innere des Hauses hin. Durch das Fenster aus gelblichem Bleiglas konnte man kaum etwas erkennen, da in dem Laden kein Licht brannte.
»Sieht ziemlich schäbig aus«, stellte Jeans verwundert fest. »Und das soll der teuerste Laden hier sein?«
»Lasst Euch nicht täuschen«, meinte Volias lächelnd. »Der alte Masao legt weniger Wert auf das Äußere seines Geschäfts als vielmehr auf das Geschäft selbst.«

»Vielleicht solltet ihr zuerst mal draußen warten«, schlug Art vor. »Ich habe dem Letzten erzählt, dass ich was für meinen Herrn herausfinden soll, das hat ganz gut geklappt. Aber wenn ihr alle da reinrennt, kommt das komisch, denke ich.«

»Vermutlich«, nickte Sanna. »Dann mal los. Wir bleiben in der Nähe.«

»Sollte ich Euch nicht lieber begleiten?«, fragte Volias besorgt. »Mir gefällt der Gedanke nicht, dass Ihr alleine dort hineingeht.«

»Ist dieser Masao irgendwie ein besonders gefährlicher Lherram?«, erkundigte sich Jeans spöttisch.

Volias lachte. »Ich bürge nun mal für Eure Sicherheit. Es tut mir Leid, wenn ich mir zu viele Sorgen mache.«

»Wird schon schief gehen«, meinte Art schulterzuckend und ging zur Türe.

Das Innere des Ladens war ebenso unauffällig wie die Fassade. An den schmucklosen Wänden standen einige leere, schmale Tische, die mit schwarzem Samt bespannt waren. Offenbar wurde hier normalerweise die Ware ausgelegt, doch Art konnte nicht ein einziges Stück entdecken. Eine seltsame Stille lag über dem Laden. Nur der Lärm der Straßen mit den Menschenmassen und Pferden drang gedämpft durch die Fenster herein.

»Hallo?«, rief Art zögerlich. »Ist da jemand?«

Als niemand ihm antwortete, ging er auf den Vorhang zu, der den Laden vom Rest des Hauses trennte. Vor-

sichtig schob er den dicken Stoff beiseite und trat in den Raum dahinter. An beiden Seiten standen gewaltige Schränke mit eisernen Türen, die mit je drei Schlüssellöchern versehen waren. Das musste der Tresorraum sein, in dem der Silberschmied seine Ware aufhob. In der Mitte des Raumes führte eine schmale Leiter in den ersten Stock hinauf. Noch einmal rief Art den Besitzer und wieder schlug ihm nur Stille entgegen.
Mit einem Schulterzucken trat er an die Leiter heran und kletterte nach oben. Ein kurzer Blick genügte, um zu erkennen, dass dies die Werkstatt des Silberschmiedes war. Auf drei großen Arbeitstischen lagen die seltsamsten Werkzeuge, in der Ecke stand ein Kamin, der zu einer kleinen Schmiede umgebaut war und überall lagen halb fertige Schmuckstücke herum.
Staunend lief Art umher und sah sich alles neugierig an. Auf einem der Tische entdeckte er in einem Korb mit geschliffenen Halbedelsteinen sieben weitere der schwarzen Steine, aus denen die Anhänger gefertigt waren. Vorsichtshalber steckte er einen davon ein. Und als er auch noch eine kleine goldene Schlange fand, die der auf dem Anhänger völlig glich, war er sich sicher, dass er hier richtig war. Nur die kleinen Rubine fehlten noch, die Schlange starrte ihn aus leeren Augenhöhlen an.
Auch die Schlange verschwand in Arts Hosentasche. Er warf noch einen flüchtigen Blick in den Wohnraum, der neben der Werkstatt lag. Außer zwei Schränken, einem Bett und ein paar kleineren Möbeln war nichts zu sehen.

Schon wollte er wieder gehen, als er hinter einer großen Truhe in der Werkstatt etwas bemerkte, was ihn die Stirne runzeln ließ. Langsam trat er näher und spähte hinter das Möbel.

»Na, so was!«, entfuhr es ihm, als er den Körper anstarrte, dessen Fuß er aus dem Augenwinkel gesehen hatte. Der Lherram trug eine lederne Schürze über seinen kostbaren Kleidern. Die braunen Augen in dem weißhaarigen Gesicht starrten leblos an die Decke. Ein Schaudern durchfuhr Art, als er sich hinkniete und den Dolch in der Brust seines Artgenossen betrachtete. Um den schwarzen Griff ringelte sich in einer Spirale eine goldene Schlange, die ihn aus roten Augen anstarrte.

Vorsichtig berührte Art den Knauf des Dolches und wollte ihn schon herausziehen, als er ein leises Ticken hörte. Schnell zog er seine Hand zurück, gerade noch rechtzeitig, um außer Reichweite der Schlange zu kommen, die sich im Bruchteil einer Sekunde mit einem metallenen Fauchen vom Griff abwickelte. Leise zitternd, verharrte sie schließlich in einem langen Bogen. Nur noch das Schwanzende berührte den Dolch. Der Kopf des Tieres ragte nun gute dreißig Zentimeter vom Dolch weg und von den winzigen Zähnen in seinem Maul hingen zwei kleine dunkelgelbe Tropfen herab.

Beeindruckt pfiff Art durch die Zähne. Der Dolch war wirklich eine bösartige Falle. Hätte er versucht ihn herauszuziehen, hätten sich die vergifteten Zähne der Schlange unweigerlich in seine Hand gebohrt. Er be-

schloss von dieser Waffe lieber die Finger zu lassen. Wer wusste schon, ob sie nicht noch ein böses Geheimnis in sich barg?
Ein leises Knarren der Bodendiele hinter ihm ließ ihn hochfahren. Hektisch sah er sich um und duckte sich zur Seite, als ein schwarz vermummter Mann mit einem langen Dolch nach ihm hieb. Die Klinge pfiff über seinem Kopf hinweg und Art schlüpfte wie ein Aal zwischen den Beinen des Mannes hindurch.
»Hilfe!«, schrie er gellend, sprang auf die Leiter zu und rutschte daran hinunter. Mit einem leisen Keuchen sprang sein Angreifer hinter ihm her. Wie von Furien gehetzt sauste Art durch den Laden und prallte gegen die Türe. Er hatte sie noch nicht aufziehen können, als der vermummte Angreifer seinen Dolch warf und sich die Klinge in Arts linken Oberarm bohrte.
Mit einem Stöhnen sank Art zu Boden. Der Schmerz war unglaublich und ihm wurde schwarz vor Augen. Der Mann beugte sich über ihn und Art sah einen weiteren Dolch in seiner Hand glänzen.
»Im Namen von Yurvin«, knurrte der Mann, als er den Dolch gegen Arts Kehle drückte.
»Hilfe«, flüsterte Art noch einmal und dann wurde die Türe mit solcher Wucht aufgestoßen, dass er quer über den Fußboden geschleudert wurde. Als Letztes sah er noch, wie sein Angreifer durch den Vorhang in den Tresorraum floh, und Phillo, der ihm mit einem Wutschrei folgte.

»Wartet!«, schrie Volias noch, doch Phillo achtete nicht auf ihn. Dann versank Art in undurchdringlicher Dunkelheit.

»Du blöder Arsch!«, brüllte Phillo und kletterte die Leiter nach oben, dem Mörder hinterher. Die Leiter protestierte mit einem gequälten Knarzen gegen die Last des über hundert Kilo schweren Khoganers, bevor die erste Sprosse in der Mitte durchbrach und Phillo zu Boden stürzte. Der Aufprall war nicht besonders schmerzhaft und er rappelte sich sofort wieder auf. Die Leiter war völlig zerschmettert. Ein paar Mal versuchte er den Rest der Luke mit einem Sprung zu erreichen, aber es war aussichtslos.

»Wo ist er?«, schrie Jeans, die in den Raum gestürzt kam. »Was ist passiert?«

»Die Leiter ist hin«, keuchte Phillo. »Ich heb dich hoch, na los!«

Ohne zu zögern, umfasste er ihre Knie und stemmte sie so schnell empor, dass sie fast mit dem Kopf gegen die Decke gestoßen wäre.

»Immer mit der Ruhe, verdammt!«, fauchte Jeans und stützte sich hastig ab. Vorsichtig lugte sie über den Rand der Öffnung und sah sich um. Es war niemand zu sehen. Leise stemmte sie sich nach oben und zog dann sofort die Schwerter aus den Scheiden.

»Was ist los, Jeans?«, zischte Phillo von unten.

»Ich sehe ihn nicht«, erwiderte sie leise und schlich durch die Werkstatt in den Wohnraum. Eines der Fenster stand offen und der Wind zupfte sanft an den Vorhängen. Das Fenster führte in eine kleine Gasse auf der Rückseite des Hauses und Jeans konnte gerade noch sehen, wie der Vermummte von einem kleinen Erker zu Boden sprang und davonrannte.

»Er haut hinten ab!«, schrie sie und rannte zu der Luke zurück. »Ich springe!«, rief sie und ließ sich kurzerhand fallen. Phillo fing sie auf und gemeinsam sprinteten sie zur Tür des Ladens, neben der Sanna gerade den bewusstlosen Art mit einem Ärmel ihres Kleides verband. Um Arts Schulter hatte sich bereits eine große Butlache gebildet.

»Was ist mit ihm?«, schrie Jeans, als sie das Blut sah, das immer noch aus der Wunde pulsierte.

»Ich kümmere mich darum«, keuchte Sanna und zerrte an dem notdürftigen Verband herum. »Holt euch diesen Scheißkerl!«

»In Ordnung«, nickte Phillo nur und die beiden sprangen auf die Straße hinaus.

»Wo wollt Ihr hin?«, rief Volias und rannte ihnen ein Stück hinterher. »Bleibt hier!«

»Wir holen ihn uns!«, schrie Jeans über die Schulter und stieß rücksichtslos einen kleinen Jungen beiseite. »Pass auf Sanna und Art auf!«

»Seid vorsichtig!«, warnte Volias sie noch, dann rannten sie um die Ecke und die Gasse hinunter, in die der Attentäter geflohen war.

Nach kurzer Zeit war klar, dass Jeans zu langsam für

Phillo war. Ihr Körper war zwar durchtrainiert wie der einer Zehnkämpferin, aber gegen seine langen Beine hatte sie keine Chance. Immer größer wurde der Abstand zwischen ihnen und dann endlich sah Phillo den Mann vor sich laufen. Er zerrte sich gerade die Kapuze von seinem kahl geschorenen Kopf und warf sie in den Rinnstein.

»Da ist er!«, schrie Phillo über die Schulter und bemerkte, dass Jeans schon gute zwanzig Meter hinter ihm war.

»Hol ihn dir!«, keuchte sie. »Ich komme nach!«

Ohne eine Antwort gab Phillo noch einmal sein Letztes. Wie ein riesiger Schatten raste er die schmale Gasse entlang und jeder, der ihm entgegenkam, drückte sich ängstlich gegen die Häuserwand. Immer kleiner wurde der Abstand zwischen ihm und dem Mann, der jetzt erst zu bemerken schien, dass er verfolgt wurde. Phillo sah, wie seine Augen sich vor Schreck weiteten, als er den Khoganer hinter sich erblickte. Im Laufen zog er einen Dolch, wandte sich um und schleuderte ihn Phillo entgegen.

Obwohl Phillo versuchte dem Geschoss auszuweichen, traf die Waffe ihn voll gegen die Brust. Seine Rettung war, dass der Mann zu hastig geworfen hatte und der Dolch ihn nur mit dem Griff traf. Dennoch spürte er eine Rippe knacken und ein furchtbarer Schmerz schoss durch seine Brust. Taumelnd blieb er stehen und stützte sich keuchend gegen eine Mauer. Nach wenigen Sekunden hatte Jeans ihn eingeholt.

»Was ist los?«, stieß sie entsetzt hervor. »Bist du verletzt?«
»Rippe«, schnaufte Phillo atemlos. »Los . . . weiter!«
Diesmal hatte Jeans ihn nach wenigen Minuten abgehängt. Bei jedem Schritt durchfuhr ein solches Stechen Phillos Brust, dass er kaum mehr als in leichtem Dauerlauf vorwärts kam.
»Jetzt bist . . . du dran«, hustete er und diesmal war es Jeans, die mit einem grimmigen Nicken die Verfolgung weiterführte. Immer wieder tauchte hinter einer der vielen kleinen Biegungen für ein paar Augenblicke der schwarz gekleidete Mörder vor ihr auf und wurde dann wieder von anderen Leuten oder einer Markise verdeckt.
Zuletzt führte ihr Weg sie auf einen großen Marktplatz und Jeans erkannte entsetzt, dass sie in dem Getümmel keine Chance hatte, den Mörder wieder zu entdecken. Noch einmal sah sie seine weißlich schimmernde Glatze in der Menge und dann war er weg. Eine Weile trieb sie sich auf dem Marktplatz herum und fragte immer wieder, ob jemand einen kahlen Mann in schwarzen Kleidern gesehen hätte. Doch nach kurzer Zeit gab sie auf. Es hatte keinen Sinn, der Kerl war ihr entwischt.
»Kein Glück?«, fragte Phillo mit schmerzverzerrtem Gesicht. Er hatte auf sie am Ende der Gasse gewartet, müde gegen eine Mauer gelehnt.
»Mist!«. erwiderte Jeans nur und musterte ihn besorgt. »Wie geht's dir?«

»Nicht so«, erklärte er tapfer und stieß sich von der Mauer ab. »Sollte mich mal hinlegen, schätze ich.«

»Hm«, machte Jeans und beobachtete verstohlen, wie ihr Freund sich bei jedem Schritt ein Stöhnen verkneifen musste. »Warum wartest du nicht hier, und ich hole Hilfe?«

»Geht schon«, beteuerte er und grinste verzerrt. »Zieht nur ein wenig. Der Kerl hat mir die Rippe ganz ordentlich verbogen, wie's scheint.«

»Wie hat er das eigentlich gemacht? Hattest du ihn schon oder was?«

Phillo stieß ein bellendes Lachen aus. »Dann sähe wohl alles ein bisschen anders aus. Nein, der Mistkerl hat sein Messer geworfen und mich voll erwischt. Ich hatte bloß Glück, dass es mich mit dem Griff voraus getroffen hat.«

Jeans pfiff durch die Zähne. »Das war wirklich Glück«, stimmte sie zu und atmete schwer durch. Phillo war tatsächlich um einige Zentimeter dem Tod entronnen. Wenn das Messer mit solcher Wucht geworfen worden war, dass es ihm eine Rippe anknacksen konnte, wäre die Klinge sicher bis zum Heft in seine Brust gefahren.

»Ich schaffe es nicht«, schluchzte Sanna verzweifelt. »Das Messer muss eine Schlagader erwischt haben.« Sie hatte bereits ihr halbes Kleid um Arts Arm gebunden und immer noch strömte so viel Blut unter dem Stoff hervor, dass sie sich fast schon wunderte, dass Art überhaupt noch atmete.

»Ich hole einen Arzt!«, erklärte Volias knapp. »Versucht den Arm abzubinden. Ihr müsst verhindern, dass noch mehr Blut in den Arm strömen kann.« Damit sprang er auf die Straße hinaus und rannte davon.
»Das habe ich doch versucht«, flüsterte Sanna weinend. Schon ging Arts Atem immer flacher. Ihr ganzes restliches Kleid war bereits rot durchtränkt. Eine ungeheure Wut auf sie selbst durchfuhr sie, dass sie diese verfluchte Wunde einfach nicht verbinden konnte, dass das Blut völlig ungehindert zwischen ihren zitternden Fingern hervorquoll. Mit aller Kraft drückte sie zu, versuchte das Blut durch ihren schieren Willen in Arts Körper zurückzudrängen. Ihr ganzes Bewusstsein konzentrierte sich auf diese eine Aufgabe, auf ihre Pflicht, Arts Leben zu verlängern, bis Volias einen Arzt geholt hatte. Sobald sie erkannte, dass ihre ganze Mühe keinen Sinn hatte, erfüllte sie plötzlich eine ungeheure Wut auf diese Wunde, die Arts Leben einfach davonfließen ließ. Mit einem Mal fühlten sich ihre Finger furchtbar heiß an und Art stöhnte trotz seiner Ohnmacht gequält auf. Feine Rauchfäden und der Gestank von verbranntem Fleisch stiegen von dem Verband auf.
In ihrer Anspannung bemerkte Sanna gar nicht mehr, wie das Blut mit einem Mal stockte und Arts Atem wieder gleichmäßig und fest wurde, während rasendes Kopfweh sie selbst in wabernde Dunkelheit hinunterdrückte.

»Sanna!«, drang es schwach an ihre Ohren. »Wach auf! Was ist denn mit dir los? Wo ist Volias?«
»Hm?«, brummte sie und schlug mühsam die Augen auf. Verschwommen erkannte sie die Gesichter von Phillo und Jeans über ihr. »Was is'n los?«, murmelte sie und setzte sich langsam auf. Ein grauenvolles Stechen durchzuckte ihren Kopf und wurde dann zu einem dumpfen, unerträglichen Pochen.
»Hat dir jemand eins übergezogen oder was war hier los?«, fragte Phillo und sah sich wachsam im Laden um.
»Nein«, flüsterte Sanna und verbarg das Gesicht in den Händen. »Ich hab versucht Arts Arm zu verbinden und dann bin ich ohnmächtig geworden. Was ist mit ihm?«
»Er scheint okay zu sein«, meinte Jeans und rüttelte vorsichtig an seiner Schulter. »Wo kommt denn das ganze Blut her? Ist das alles von Art?«
»Wahnsinn, oder?«, murmelte Sanna. »Oh Gott, ich hatte solche Angst. Volias ist weggerannt, um einen Arzt zu holen. Ist er noch nicht wieder da?«
»Wir haben ihn nicht gesehen«, hustete Phillo und stützte sich gegen die Tür. »Mist, das zieht vielleicht.«
»Der Mistkerl hat ihm eine Rippe angebrochen«, erklärte Jeans, als Sanna sie fragend ansah. »Und der Trottel hat darauf bestanden, ohne Hilfe zurückzulaufen.«
»Ein Khoganer kennt keinen Schmerz«, lachte Sanna schwach. »Oder waren das doch die Indianer? Na egal. Habt ihr ihn erwischt?«

»Hat mich in der Menge auf einem Marktplatz abgehängt«, knurrte Jeans. »Hey, ich glaube, da kommt Volias.«

Tatsächlich wurde die Türe in diesem Augenblick von ihrem Führer aufgestoßen, der einen Mann mit dichtem schwarzem Bart in grauer Kleidung hereinführte.

»Beeilt Euch, verflucht!«, rief er und starrte Sanna an. »Oder sind wir zu spät?«

»Ich glaube nicht«, meinte Sanna und legte ihre Hand auf Arts Brust. »Er atmet noch.«

»Dann macht schnell«, drängte Volias den Arzt, der sofort den Verband um Arts Arm betastete.

»So kann ich es nicht lassen«, erklärte er angespannt. »Sobald wir ihn bewegen, wird sich das Ganze lösen. Ich muss einen neuen Verband machen.« Damit reichte er Jeans eine lederne Tasche. »Da drin findet Ihre eine Rolle feiner Wolle. Bitte sucht sie mir heraus.«

Wortlos begann Jeans in der Tasche zu kramen, bis sie eine große Rolle grauen Stoffs in der Hand hatte. Währenddessen löste der Arzt langsam die Stoffstreifen, die Sanna von ihrem Kleid gerissen hatte. Nach kurzer Zeit stieß er ein wütendes Brummen aus und zerrte den restlichen Verband ziemlich grob von Arts Arm herunter.

»Was soll denn dieser Scherz bedeuten?«, schnaubte er. »Ihr hättet es auch sagen können, dass Ihr ihn bereits behandelt habt. Ich dachte, dieser Knabe hier liegt im Sterben.«

»Das tat er auch«, verteidigte sich Volias und starrte fassungslos die Wunde an. »Ich schwöre es bei allen Göttern, er hat vor ein paar Minuten noch geblutet wie ein angestochenes Schwein. Seht Euch doch das ganze Blut hier an!«

»Die Wunde ist ausgebrannt worden«, schnaubte der Arzt und riss Jeans seine Tasche aus den Händen. »Was soll das?«

»Es tut mir Leid«, stotterte Volias und starrte Sanna an. »Sagt ihm bitte, dass ich ihn nicht anlüge. Was habt Ihr denn mit ihm gemacht?«

»Gar nichts«, beteuerte Sanna und betrachtete ungläubig den Schnitt. Das Fell rundherum war versengt und die Wunde selbst schwärzlich verfärbt. »Ich habe die Wunde zugedrückt und bin dann ohnmächtig geworden.«

»Jemand hat die Verletzung verödet«, stellte der Arzt wütend fest. »Mehr hätte ich auch nicht tun können. Warum habt Ihr mich geholt, zur Hölle?«

Plötzlich war Sanna schwindelig und sie lehnte sich gegen eine Wand. Mit einem Mal erinnerte sie sich an ihre Wut und den Rauch, der unter dem Verband hervorgequollen war. »Mit anderen Worten, Art ist in Ordnung?«, vergewisserte sie sich schnell bei dem Arzt.

»Ich kann jedenfalls auch nicht mehr für ihn tun«, bestätigte der Mann. »Er wird sich ausruhen müssen, um wieder zu Kräften zu kommen. Wie's scheint, hat er ja eine Menge Blut verloren.«

»Wunderbar, dann könnt Ihr Euch ja mal Phillo anse-

hen«, schlug Jeans genervt vor. »Der hat schließlich auch was abbekommen.«
»Was ist mit Euch?«, fragte der Arzt und ging auf Phillo zu.
»So ein verdammter Bastard hat mir sein Messer gegen die Brust geworfen«, erklärte Phillo mit verzerrtem Gesicht. »Es war nur der Knauf, aber ich habe gehört, wie eine Rippe geknackt hat. Und seitdem tut mir die Brust weh.«
»Seid Ihr danach noch weiter umhergelaufen?«, fragte der Arzt.
Phillo nickte. »Ein wenig, ja.«
Vorsichtig betastete der Arzt die Prellung. »Ihr habt Glück gehabt«, stellte er fest. »Es ist nur eine recht ordentliche Quetschung. Solange Ihr Euch nicht übermäßig rührt, sollte die Sache von selbst verheilen. Oder habt Ihr Blut gespuckt?«
»Nein, ich denke nicht«, meinte Phillo kopfschüttelnd.
»Gut, dann werdet Ihr in ein, zwei Wochen nichts mehr spüren. Ich gebe Euch ein Mittel, das den Schmerz ein wenig betäubt.« Er kramte in seiner Tasche nach einem Tütchen mit einem weißen Pulver, das er Phillo in die Hand drückte. »Löst es in Wasser auf und trinkt es.«
»Wir danken Euch«, sagte Volias und drückte dem Arzt ein paar Münzen in die Hand, der mit einer verdrossenen Miene verschwand. Sobald er die Türe hinter sich geschlossen hatte, sah Volias die beiden Mädchen an. »Am besten lassen wir zu Hause noch einmal den Leib-

arzt von Herrn Tarnus nach den beiden sehen. Der Kerl war das Beste, was ich auf die Schnelle gefunden habe. Das Risiko ist mir zu groß, dass er etwas übersehen hat.«

»Gute Idee«, stimmte Jeans zu. »Wäre es möglich, einen Karren oder so etwas zu holen, damit unsere beiden Versehrten nicht zu Fuß zurückkehren müssen?«

»Ich kümmere mich darum«, versprach ihr Führer. »Und bitte bleibt dieses Mal hier, bis ich zurück bin. Ich fürchte, dass ich jetzt schon genug Schwierigkeiten haben werde, die Sache meinem Herrn zu erklären.«

»Wir rühren uns nicht vom Fleck«, versicherte Jeans lächelnd. »Sobald sie alleine waren, sah sie Phillo und Sanna an. »Wir müssen reden«, stellte sie fest. »Sanna, was hast du mit Art gemacht?«

»Gute Frage«, merkte Phillo an und betrachtete die verbrannte Stelle an Arts Arm.

»Ich weiß es nicht.« Sanna schüttelte verzweifelt den Kopf. »Ich habe versucht diese verfluchte Wunde zuzudrücken, aber es ist immer mehr Blut gekommen. Und dann plötzlich hat der Verband angefangen zu rauchen und dann bin ich ohnmächtig geworden.«

»Erinnert ihr euch, was Tarnus über Elhaîn erzählt hat?«, fragte Phillo. »Dass manche von ihnen ein Feuer anzünden können, ohne im selben Raum zu sein.«

»Hm«, machte Jeans, die auch schon an die Worte ihres Gastgebers gedacht hatte. »Anscheinend hat Sanna die Verletzung einfach ausgebrannt.«

»Wahnsinn«, flüsterte Phillo und musterte Sanna mit

unverhohlenem Erstaunen. »Und ich dachte schon, ich wäre gefährlich.«

»Hör mal zu, du Blödmann«, brauste Sanna auf. »Ich kann überhaupt nichts dafür, wenn ...«

In diesem Augenblick wälzte sich Art zur Seite und gab ein zufriedenes Grunzen von sich.

»Der kleine Affe ist nicht totzukriegen«, lachte Phillo, während sie sich daran machten, ihren bewusstlosen Freund aufzuwecken. Ein paar Minuten später war Art wieder wach und Volias zurückgekehrt. Ihr Führer hatte vier kräftige Männer mit zwei Tragbahren herbeigeschafft, die die vier Freunde neugierig betrachteten. Sanna saß immer noch in sich zusammengesunken auf dem Boden.

»Was ist denn passiert?«, erkundigte sich Art und kratzte an der Narbe an seinem Arm herum. Kaum dass er wieder wach war, strotzte er offenbar vor Kraft. Der Blutverlust schien seinem Lherram-Körper nicht besonders viel auszumachen. »Warum ist Sanna so fertig?«

»Ich erzähl es, wenn wir nach Hause gehen«, versprach Jeans. »Volias, könnt Ihr stattdessen Sanna tragen lassen?«

»Natürlich«, nickte er erschöpft. »Und da Ihr die andere Trage anscheinend nicht braucht, kann ich mich ja darauf niederlassen.«

»Wenn Euch danach ist«, brummte Phillo und strich vorsichtig über seine Prellung.

Jeans lachte. »Aber lasst uns jetzt in jedem Fall losgehen. Ich sterbe vor Hunger und ich möchte mich dann auch endlich mal hinlegen. Im Gegensatz zu Sanna und Art warte ich ja damit, bis ich wieder in meinem Bett bin.«

Sie traten auf die Straße hinaus und gingen langsam in Richtung Zentrum. Volias marschierte vorneweg und bahnte den Trägern einen Weg durch die Menge, die sich die Sache etwas leichter machten, indem sie Sanna zusammen schleppten.

»Was ist eigentlich mit dem Kerl, der mir dieses Messer in den Arm gesteckt hat?«, fragte Art aufgeregt. »Habt ihr ihn fertig gemacht?«

»Nicht wirklich«, gab Phillo knurrend zu. »Aber was hast du eigentlich so lange da drin gemacht? Warum bist du nicht gleich wieder rausgekommen, als du gemerkt hast, dass keiner da ist?«

»Es war ja jemand da«, verteidigte sich Art empört. »Zuerst habe ich den Toten gefunden und dann ist dieser Blödmann über mich hergefallen. Und dann bin ich sofort . . .«

»Moment!«, unterbrach Jeans ihn abrupt. »Was für ein Toter?«

»Der Besitzer, denke ich«, meinte Art schulterzuckend. »Er ist oben hinter einer Truhe versteckt und er hat einen Dolch in der Brust. Das war eine verfluchte Falle, weil die Schlange einen beißt, wenn man das Ding anfasst.«

»Was für eine Schlange? Was für ein Dolch?«, grollte

Phillo. »Verflucht, Art, erzählt es einmal so, dass man was versteht!«
Art schnaufte tief durch, griff dann in seine Tasche und zeigte den schwarzen Stein und die kleine goldene Schlange her. »Das habe ich oben gefunden.«
»Dann sind wir dort tatsächlich richtig gewesen!«, rief Jeans. »Und was war mit dem Besitzer? Er ist tot?«
»Ich glaube, dieser Typ von vorhin hat ihn umgebracht«, nickte Art. »Mit einem Dolch, der hat 'nen schwarzen Griff mit 'ner goldenen Schlange drauf. Und die beißt einen.« Voller Stolz über diesen genauen Bericht verschränkte er die Arme vor der Brust. »Alles klar jetzt?«
»Unser unsichtbarer Gegner wollte nicht, dass wir etwas über ihn herausfinden«, stellte Jeans grimmig fest. »Deswegen hat er den armen Kerl ermorden lassen.«
»Richtig«, nickte Phillo. »Mich würde nur eines interessieren. Woher hat er gewusst, dass wir hierher kommen?«
Alle drei Freunde blickten langsam nach oben, gerade noch rechtzeitig, um einen kleinen Schwarm Raben von einem Dachgiebel aufstieben zu sehen.

UNSER Feind weiß mehr, als uns lieb sein kann«, stellte Tarnus ruhig fest und hieb dann mit der Faust so plötzlich auf die Lehne seines Sessels, dass die Freunde zusammenzuckten. »Verflucht! Und ich habe immer noch nicht die geringste Ahnung, mit wem wir es zu tun haben!«

Sie saßen mit ihrem Gastgeber in einem kleinen Saal und aßen zu Abend. Vor ihnen dampfte ein gewaltiger Braten und erfüllte den Raum mit einem herrlich würzigen Duft. Sanna lag in ihrem Zimmer und schlief.

»Was ist denn mit diesem Zeichen?«, fragte Phillo und legte sich eine Scheibe Fleisch auf den Teller. »Könnt Ihr darüber auch nichts herausfinden?«

»Ich habe einen meiner Schreiber beauftragt in meinen Büchern über die Wappen von Shalaan nachzusehen«, meinte der alte Elhaîn schulterzuckend. »Aber vermutlich wird er nichts finden. Es würde mich doch überraschen, wenn dieses widerliche Schlangenzeichen in der Stadt schon einmal aufgetaucht wäre. Sonst sollte ich es eigentlich auch erkennen.«

»Und der Name, von dem dieser Mörder geredet hat?«, warf Art ein. »Was ist damit?«

»Welcher Name?«, erkundigte sich Tarnus sofort. »Was meint Ihr?«

»Als er mich abstechen wollte, da hat er was gesagt. Irgendwie ›im Namen von Jurrin‹ oder so. Ich weiß es nicht mehr genau, weil ich auch gerade andere Sorgen hatte. Aber ich denke, so ungefähr hat es sich angehört.«
Wie versteinert starrte der Alte ihn an. »Kann es sein, dass er Yurvin gesagt hat?«, fragte er langsam.
»Genau«, nickte Art zufrieden und nahm sich noch einen Apfel. »Das war es. Kennt Ihr den Typ?«
»Allerdings. Yurvin ist ein düsterer Gott, der vor langer Zeit verehrt wurde. Der Kult war auf diesem Kontinent sehr verbreitet, und soweit ich weiß, gab es auch hier in Shalaan eine Gemeinde. Vor mehreren Jahrhunderten wurde der Kult von Yurvin fast überall ausgemerzt, da seine Anhänger sich mit böser Magie befassten und sogar Menschenopfer durchführten. Doch immer wieder tauchten Gerüchte auf, dass es diese Religion noch gibt, auch in dieser Stadt. Bisher dachte ich immer, das alles wäre Unsinn.«
»Scheint doch was dran zu sein«, stellte Art fest und stopfte sich den Rest des Apfels in den Mund.
»Ihr sagt es«, murmelte Tarnus, die Augen in die Ferne gerichtet. »Ich werde mich ein wenig in der Bibliothek umsehen müssen. Mithilfe des Namens könnte ich noch einiges herausfinden. Zum Beispiel, ob dieses Schlangensymbol tatsächlich das Zeichen von Yurvin war.« In Gedanken war der alte Elhaîn offensichtlich schon in seine Bücher versunken.
»Was ist denn nun mit Sanna?«, erkundigte sich Jeans

stirnrunzelnd und holte auf diese Weise ihren Gastgeber in die Wirklichkeit zurück. »Habt Ihr sie noch einmal genauer untersucht?«

Wie es Volias angekündigt hatte, war Tarnus' Leibarzt gerufen worden, um sich Phillo und Art noch einmal anzusehen. Seiner Meinung nach würde keine der Verletzungen ihnen dauerhaft Probleme bereiten. Um Sanna allerdings würde sich jemand mit besonderen Fähigkeiten kümmern müssen.

»Ich habe Mides einen Boten geschickt und ihn gebeten nach ihr zu sehen, sobald er von den Ställen zurückkommt«, sagte Tarnus. »Er müsste in diesem Moment bei ihr sein.«

»Dann ist ja alles gut«, lachte Art leise. »Wie schön.«

»Ihr vertragt Euch nicht allzu gut mit meinem Sohn, wie ich bemerkt habe«, meinte Tarnus langsam. Die Freunde sahen sich Hilfe suchend an.

»Ich weiß nicht, welche Gefühle Ihr gegenüber jemandem hättet, der Euch oder Eure Freundin behandelt wie – nun, eben wie ein minderwertiges Tier«, erklärte Jeans schließlich vorsichtig.

Die Augen des Alten wurden zu schmalen Schlitzen unter seinen buschigen Brauen. »Um es Euch etwas besser verständlich zu machen. Wenn Ihr mir diesen verfluchten Stab nicht gebracht hättet, könnte ich mir nicht vorstellen, wie Ihr an diesem Tisch sitzen solltet«, sagte er leise. »In den Augen meines Volkes erniedrigt sich Sanna selbst, indem sie Euch als ihre Freunde bezeichnet.

Solltet Ihr eines Tages auf andere Elhaîn stoßen, so würde ich euch raten von vornherein als ihre Diener aufzutreten. Ihr tut Eurer Freundin keinen Gefallen, wenn Ihr darauf besteht, von meinem Volk als gleichwertig angesehen zu werden.«

Einen Moment herrschte eisige Stille. »Dann seid auch Ihr selbst der Meinung, dass wir weniger wert sind als die Elhaîn?«, fragte Jeans endlich und verzog angewidert das Gesicht.

»Vielleicht sollten wir diese Frage um des lieben Friedens willen nicht stellen«, schlug Phillo beherrscht vor.

»Ich weiß es nicht«, antwortete Tarnus, ohne auf Phillos Einwurf zu achten. »Offenbar hattet Ihr allesamt noch nicht allzu viel Kontakt mit Euren Völkern. Schlicht gesagt, ist es aber so, dass die Khoganer letztlich nichts als mordlustige Barbaren sind, und selbst wenn die Lherram hier in Shalaan sich in den Jahrhunderten stark verändert haben, ist ihr Volk doch kaum mehr als eine Horde neugieriger Affen.«

»Und was ist mit Euch?«, rief Art und stellte sich auf seinen Stuhl. »Ihr schwadroniert hier herum, wie dumm wir sind, und könnt nicht einmal selber mit diesem blöden Feind fertig werden! Wie kommt Ihr auf die Idee . . .«

»Beruhige dich, verflucht!«, grollte Phillo und legte seinem Freund die Klaue auf die Schulter. »Wir sind hier Gäste!«

Tarnus hatte Arts Wutausbruch ruhig mitverfolgt. »Ich

kann Euren Freund verstehen«, lächelte er. »Es ist schwer zu ertragen, wenn das eigene Volk beleidigt wird. Doch Ihr seid ja noch nicht einmal das, wonach Ihr ausseht. Falls ich es richtig verstanden habe, wart Ihr zumindest einmal allesamt Menschen?«

»Woher wisst Ihr das?«, platzte Art verblüfft heraus, bevor Phillo ihn zum Schweigen bringen konnte.

»Als ich Sanna untersucht habe, sind mir in ihrem Geist allerhand Ungereimtheiten aufgefallen. Mides hatte sie auch schon bemerkt, aber dem keine weitere Bedeutung zugemessen. Deshalb habe ich ein wenig weitergeforscht und dabei bin ich auch auf gewisse Erinnerungen gestoßen.«

»Hört sich nicht gerade sehr fein an, in fremden Gedanken herumzustöbern«, kommentierte Jeans grimmig. »Oder ist das bei Eurem Volk normal?«

Tarnus stieß ein wütendes Schnauben aus. »Dies ist etwas Besonderes. Jeder Elhaîn lernt in frühester Kindheit geheime Gedanken sicher in seinem Geist zu verschließen. So bleiben sie unentdeckt, selbst wenn ihr Besitzer ohnmächtig werden sollte und seine Geisteswälle zusammenbrechen. Wäre Sanna eine normale Elhaîn, hätte ich das niemals herausfinden können.«

»Ein Mitwisser mehr«, brummte Phillo stirnrunzelnd. »Was werdet Ihr nun tun?«

»Nichts«, meinte der Alte und machte eine wegwerfende Handbewegung. »Mir ist es völlig egal, wer Ihr tatsächlich seid oder einmal wart. Nachdem ich entdeckt habe, dass Sanna niemals vorhatte, mir etwas über Eure wahre Natur zu erzählen, habe ich mich sofort zurückgezogen. Ich weiß nur, dass Ihr wohl im Grunde alle Menschen seid. Weder weiß ich, warum Ihr diese Gestalten habt, noch, woher Ihr tatsächlich kommt – außer, dass es wohl nicht unsere Welt ist. Doch das ist mir alles gleichgültig. Für mich bleibt nur die Frage, ob Ihr weiterhin mit mir gegen den Feind kämpfen wollt oder nicht.«

»Ich schon«, stellte Art nach kurzem Überlegen fest. »Wer auch immer der Typ ist, er ist ein Mistkerl.«

»Allerdings«, stimmte Jeans grinsend zu. »Und Sanna wird sowieso mitmachen wollen.«

»Richtig!«, rief Phillo und stellte seinen Weinbecher knallend auf den Tisch. »Das wollte ich noch fragen: Werdet Ihr Sanna jetzt beibringen, wie sie ihre Kräfte wirklich nutzen kann?«

»Wenn sie es wünscht«, nickte Tarnus. »Mides wird sich dafür sicher gerne zur Verfügung stellen. Sie wird allerdings auch noch einiges über mein Volk zu lernen haben.«

»Den Satz habe ich schon mal gehört«, meinte Jeans und lächelte. Fast dasselbe hatte Faghun zu ihr gesagt, als sie ihn gebeten hatte, sie das Kämpfen zu lehren.

»Ein Elhaîn zu sein bedeutet mehr als nur das Erlernen seiner geheimen Kräfte«, fuhr Tarnus fort. »Es gibt einige Gesetze, die meinem Volk heilig sind. Und wenn Sanna diese nicht zuerst kennen lernt und schwört ihnen treu zu sein, wird ihr kein anderer Elhaîn je etwas beibringen. Ich nicht, Mides nicht und auch sonst niemand.«

»Was sind denn das für Gesetze?«, fragte Art neugierig.

»Dass wir unsere Kräfte nicht missbrauchen dürfen, um uns über die anderen Menschen zu stellen«, ertönte Mides' Stimme von der Türe her. Der junge Mann stapfte mit schweren Schritten durch den Raum und ließ sich in einen feinen Sessel fallen. »Das ist eines der wichtigsten Gebote. Einen guten Abend zusammen.«

»Guten Abend, Sohn«, nickte Tarnus. »Wie läuft dein Pferd?«

»Ich schwöre es dir, Vater, dieses Jahr hole ich die verdammte Lanze!«, lachte Mides. »Wenn Gannia mich morgen nicht im Stich lässt, haben die anderen keine Chance. Selbst Culius wird ein langes Gesicht machen müssen.«

»Stimmt!«, rief Phillo. »Morgen ist ja das Rennen. Wann beginnt es denn?«

»Genau zur Mittagsstunde. Wir reiten zehn Runden, immer am alten Zentrum entlang. Das Ziel ist ganz in der Nähe, auf dem Platz mit dem Fischbrunnen. Ihr werdet alles gut sehen können. Ich bin sicher, dass mein Vater Euch einen Platz auf der Tribüne besorgen wird.«

»Schön. Und wie geht es Sanna?«, fragte Jeans.

Mides trank einen tiefen Schluck Wasser. »Sie ist furchtbar erschöpft, und wenn sie morgen aufwacht, wird sie es verfluchen, einen Kopf auf den Schultern zu haben. Aber es geht ihr gut und sie ist in keinerlei Gefahr.«

»Na wunderbar«, nickte Jeans erleichtert. »Warum ist sie eigentlich umgekippt?«
Der junge Elhaîn verzog das Gesicht. »Bah, sie hat sich einfach überanstrengt. Das geschieht auch mir, wenn ich nicht Acht gebe. Zudem habe ich gehört, dass es besonders kräftezehrend ist, diese Art von Hitze zu erzeugen.« Er lachte leise. »Soweit ich weiß, gab es in unserer Familie nur einmal jemanden, der dies vermochte, und das war meine Großtante. Sanna ist tatsächlich etwas Besonderes.«
Sein Ton verriet, dass er damit nicht nur Sannas Kräfte meinte, und Jeans gab ein unhörbares Grunzen von sich. Ihr ging dieser Kerl einfach auf die Nerven, auch wenn er sie mittlerweile wirklich respektvoll zu behandeln versuchte.
»Das ist sie sicherlich«, stimmte Phillo gelangweilt zu. »Tarnus, was werden wir als Nächstes unternehmen?«
Der Alte hob hilflos die Arme. »Ich weiß es nicht. Auch ich werde noch einmal versuchen etwas über dieses Schlangensymbol herauszufinden. Ansonsten müssen wir einfach abwarten, was geschieht.« Er lächelte in die Runde. »Und Ihr könnt Euch in jedem Fall die *Corridora* ansehen. Unsere Stadt hat schließlich noch ein wenig mehr zu bieten als Meuchelmörder und düstere Hexer.«
»Einverstanden«, rief Art. »Was machen wir jetzt noch?«
»Ganz einfach, ich gehe ins Bett«, erklärte Jeans und unterdrückte ein Gähnen. »Tarnus, danke für das Essen. Wir sehen uns morgen.«

»Ich gehe auch schlafen«, meinte Phillo. »Der Tag war verflucht lang, vor allem nach der letzten Nacht.«
»Langweiler!«, murrte Art. »Na gut, dann halt ab in die Heia. Gute Nacht, Tarnus.«

Die drei Freunde wurden von einem Diener zu ihren Zimmern geführt. Sobald sie alleine waren, versammelten sie sich noch einmal in Sannas Zimmer und betrachteten sie sorgenvoll.
»Wenn ich das richtig sehe, schläft sie einfach nur«, brummte Phillo schließlich leise. »Was haltet Ihr von Tarnus' neuem Wissen? Ich meine, was unsere echte Herkunft angeht.«
»Ich glaube ihm«, meinte Jeans. »Er hat ja nicht einmal gefragt, was wirklich mit uns los ist.«
»Stimmt«, sagte Art. »Und er scheint ernsthaft zu hoffen, dass wir ihm weiterhin helfen. Warum sollte er uns verarschen?«
»Richtig. Ich denke, wir sollten einfach so tun, als wäre nichts geschehen. Und ich will diesem komischen Feind auch echt eins überbraten. Immerhin hat er uns schon zweimal angegriffen. Wird Zeit, dass wir den Spieß mal umdrehen«, sagte Jeans.
»In Ordnung«, brummte Phillo und trat leise aus dem Zimmer. »Also machen wir einfach weiter wie bisher.«
»Genau«, sagte Jeans gähnend und schloss vorsichtig die Tür. »Dann schlaft mal gut, ihr beiden.«
Genussvoll stöhnend, schlüpften die Freunde in ihre

frisch gemachten Betten und kuschelten sich in die seidenweichen Daunendecken. Was auch immer mit ihnen in Shalaan passieren mochte – diese Betten waren es wert.

Am nächsten Morgen weckten einige Diener die Freunde und brachten ihnen neue Kleidung. Staunend betrachteten sie die kostbaren Sachen, die über und über mit Perlen und Gold bestickt waren.
»Was soll ich denn damit?«, fragte Art gequält. Die Vorstellung, in diesem schweren Zeug umherzulaufen, nervte ihn schon gewaltig, bevor er auch nur in die Hose geschlüpft war.
»Die *Corridora* ist ein großes Fest«, erklärte ihm der Diener verwundert. »Es würde seltsam erscheinen, wenn die Gäste des Herrn Tarnus nicht entsprechend angezogen wären.«
»Na dann«, brummte Art und begann widerwillig sich anzuziehen. Während er damit beschäftigt war, die Knopfleiste an der seltsam gesteppten Weste zu schließen, klopfte es und Sanna trat ein.
»Na, so was!«, rief Art fröhlich. »Du bist wieder auf dem Damm?«
»Denke schon«, nickte Sanna und ließ sich in einen Sessel fallen. »Mein Kopf tut zwar noch weh, aber es wird immer besser. Ich war eben schon bei Jeans und Phillo. Die zwei ziehen sich auch noch an.«
»Das hast du ja schon hinter dir«, stellte Art fest und

warf ihr einen beeindruckten Blick zu. Sie trug ein Kleid aus dunkelblauer Seide, auf das abertausende von winzigen Kristallen gestickt waren. Es funkelte wie das Meer in der Sonne.

»Ja, es ist recht hübsch«, meinte Sanna und ließ den Stoff zwischen ihren Fingern hindurchgleiten. »Bisschen protzig vielleicht. Aber meine Dienerin hat gesagt, bei diesem Rennen würden alle in dem Besten herumrennen, was ihr Schrank hergibt. Tarnus wird schon wissen, was er tut.«

»Da bin ich mir sicher«, stimmte Art zu und schlüpfte in die Jacke aus mit Silber durchwirktem Samt. »Was sagst du nun?«, fragte er stolz und drehte sich wie ein Model auf dem Laufsteg. »Der schönste Affe der Welt, oder?«

»Zumindest der mit den teuersten Klamotten«, gab Sanna lachend zu. »Deine Artgenossen in der Silbergasse würden jetzt vor dir auf die Knie fallen.«

»Das will ich ihnen auch geraten haben«, brummte Art. »Übrigens – danke für meine Rettung«, fügte er hinzu und hob seinen verletzten Arm. Die Narbe schmerzte zwar noch, aber seit der Leibarzt ihres Gastgebers ihm eine Salbe dafür gegeben hatte, bemerkte Art sie kaum mehr.

»Äh, gern geschehen«, stotterte Sanna und strich sich verlegen über den Kopf. »Das war vielleicht 'ne komische Sache. Na ja, wenn du fertig bist, holen wir die anderen ab und gehen frühstücken. Mides ist schon in den

Ställen, um seine Ausrüstung zu überprüfen, aber Tarnus ist da und wartet auf uns.«

Auch Jeans und Phillo trugen bemerkenswert kostbare Sachen, als die vier Freunde gemeinsam zu dem kleinen Saal marschierten, in dem ihr Gastgeber bereits Platz genommen hatte. Teller und Besteck hatte er beiseite geschoben, um ein dickes, in Leder gebundenes Buch vor sich aufzuschlagen.

»Guten Morgen«, begrüßte er sie und stand auf. »Wie ich sehe, haben meine Leute Euch dem Fest entsprechend Kleidung gegeben.«

»Das haben sie«, bestätigte Jeans und strich über ihr Kleid aus weißer Seide, auf dem mit Goldfäden verschiedene Muster gestickt waren. »Und was ist mit Euch selbst? Habt Ihr diese Sachen nicht bereits gestern getragen?«

»Ich bin noch nicht dazu gekommen, mich umzuziehen«, gab der Alte zu. »Setzt Euch und esst. Ich habe die ganze Nacht über in der Bibliothek gesessen und alle Bücher durchgesehen, in denen ich etwas über unseren Gegner zu finden hoffte. Obwohl es nicht viel ist, habe ich doch einiges in Erfahrung bringen können.«

»Dann erzählt es uns«, forderte Phillo ihn auf und nahm sich Brot und Schinken.

Tarnus räusperte sich. »Nun ja. Was ich gestern bereits über den Kult von Yurvin erzählte, stimmt im Wesentlichen. Tatsächlich war der Kult in Shalaan sehr stark verbreitet, wurde aber vor ziemlich genau fünf Jahrhun-

derten ausgerottet. Jedoch gab es immer wieder Gerüchte, dass Yurvin bis heute noch einige Anhänger hat, die im Geheimen ihre Rituale durchführen und einen gewissen Einfluss in der Stadt haben.«
»Was ist mit dem Schlangensymbol?«, fragte Art kauend. »Ist es wirklich das Zeichen dieses Kults?«
»Damit hatte ich zuerst einige Schwierigkeiten«, erwiderte Tarnus mit einem stolzen Lächeln. »Das Zeichen von Yurvin ist einfach nur ein schwarzer Stein, genau wie bei diesen Anhängern. In ihm zeigt sich das Reich dieses Gottes. Die goldene Schlange darauf gehört im Grunde nicht dazu. Aber einige Jahrzehnte, bevor der Kult verschwand, wurde ein Kampforden gegründet, der die Aufgabe hatte, Feinde des Kultes auszulöschen. Meistens geschah dies durch einen Meuchelmord.«
»Ein Geheimdienst«, brummte Phillo. »Nicht schlecht.«
»Lass mich raten«, rief Sanna. »Und das Zeichen dieser Mörder war eine goldene Schlange?«
»Ganz genau«, nickte Tarnus und drehte sein Buch so, dass es die Freunde sehen konnten. Alle standen auf und beugten sich neugierig vor. Keiner von ihnen konnte die fremdartige Schrift entziffern, aber inmitten der Zeilen war ein kleines Emblem gemalt und es zeigte genau einen der Anhänger, die sie bei den Attentätern gefunden hatten.
»Prima«, meinte Jeans und zog die Brauen hoch. »Wir haben es also mit einer Sekte von religiösen Spinnern zu tun, die Meuchelmörder herumschicken, sich mit Magie

auskennen und zu allem entschlossen sind. Das hört sich mal endlich nach echtem Spaß an.«

»Die Anhänger von Yurvin sind wieder da«, stellte Tarnus düster fest. »Und sie wollen diesen verfluchten Stab haben. Ich wünschte, mein Freund im Osten hätte sich jemand anderen ausgesucht, um ihn in Sicherheit zu bringen. Denn alleine kann ich kaum dafür bürgen.«

»Was ist eigentlich mit Ramius?«, fragte Sanna. »Kann er Euch nicht helfen? Ihr habt doch gesagt, er wäre auch irgendwie erfahren, was solche Sachen angeht.«

»Mein Freund Ramius ist leider kein Magier, wenn Ihr das meint«, stellte der Alte bedauernd fest. »Er ist sehr interessiert an den unsichtbaren Künsten und in der Theorie weiß er sehr viel. Selbst vermag er aber keinen Zauber zu wirken.«

»Wie wäre es mit Ulrik?«, schlug Art vor. »Er ist ein echter Zauberer und er würde sicher helfen. Wenn wir ihn benachrichtigen könnten, müssten wir ihn nicht lange bitten nach Shalaan zu kommen.«

»Und in einer Woche könnte er hier sein«, stimmte Phillo zu. »Das ist zwar noch lange hin, aber dann hätten wir einen starken Verbündeten.«

»Wäre das möglich?«, wandte sich Jeans an Tarnus. »Könntet Ihr jemandem in Thebul irgendwie eine Nachricht zukommen lassen? So von Zauberer zu Zauberer?«

»Da ich Euren Freund nicht kenne, leider nein. Wenn wir uns schon einmal begegnet wären und ich seinen

Geist schon einmal berührt hätte, wäre es denkbar. Aber einen Wildfremden kann ich einfach nicht über hunderte von Meilen erreichen.«

»Schade«, meinte Art. »Dann werden wir wohl so klarkommen müssen. Was habt Ihr vor?«

»Vorerst müssen wir einfach warten. Irgendwann werden unsere Feinde wieder tätig werden und dann müssen wir herausbekommen, wer ihr Führer ist.« Ein Lächeln legte sich über das faltige Gesicht des Greises. »Aber nun haben wir etwas viel Dringenderes zu erledigen: Wir müssen unsere Plätze auf der Tribüne einnehmen. Ich werde mir nicht entgehen lassen, wie mein Sohn die *Corridora* gewinnt und die Siegeslanze heimbringt.«

»Er wirkte gestern sehr siegessicher«, meinte Phillo.

»Das tut er, seit er vor sieben Jahren das erste Mal an dem Rennen teilgenommen hat«, lachte Tarnus. »Bisher hat er immer nur ein paar Verletzungen davongetragen, aber noch nie den Sieg. Ehrlich gesagt, fürchte ich, dass es heute nicht anders sein wird.«

»Das werde ich ihm erzählen«, drohte Sanna grinsend.

»Das werdet Ihr nicht, sonst wärt Ihr nicht die edle junge Dame, für die wir Euch halten«, schimpfte der Alte scherzhaft. »Und nun lasst uns gehen.«

Über Nacht hatte sich die Stadt völlig verändert. Aus allen Fenstern hingen lange Fahnen in den Farben der Geschlechter, unter deren Schutz die jeweiligen Viertel oder Häuser standen. Über die Straßen, in denen das Rennen stattfinden sollte, spannten sich bunte Girlanden und die Straßen waren völlig verstopft von den Menschen, die sich in ihren besten Kleidern einen guten Platz sichern wollten. Voller Staunen betrachteten die Freunde die verschiedenen Gesichter und zum ersten Mal wurde ihnen bewusst, dass es in dieser Stadt buchstäblich dutzende verschiedener Rassen gab, deren Angehörige nur wegen dieses Rennens ins Zentrum kamen, das sonst den Menschen und Elhaîn vorbehalten war. Phillo entdeckte in einiger Entfernung auch eine Gruppe Khoganer, doch in dem Gedränge war es schier unmöglich, mit ihnen zu sprechen.

Die vier Freunde marschierten hinter Tarnus her, dem von seinen Bewaffneten eine Schneise in der Menge gebahnt wurde. Auf dem Platz mit dem Fischbrunnen waren gewaltige Tribünen errichtet worden, auf denen die Angehörigen der Geschlechter Platz nehmen konnten. Das normale Volk musste sich mit den Stehplätzen begnügen.

»Dort kommt Ramius«, meinte Jeans und deutete auf den Freund ihres Gastgebers, der mit verdrossener Miene auf sie zusteuerte.

»Er macht sich sicher große Sorgen um seinen Sohn«, brummte Tarnus und stand auf, um ihn zu begrüßen.

»Dass du dieses Schauspiel so gelassen nimmst, erstaunt mich immer wieder aufs Neue«, erklärte Ramius verächtlich und setzte sich. »Ich bin nur hier, weil Culius vermutlich kein Wort mehr mit mir spräche, wäre ich's nicht. Du scheinst es ja richtig zu genießen.«

»Wenn du dir nicht immer einreden würdest, dass Culius zum Tode verurteilt wäre, nur weil er an dem Rennen teilnimmt, könntest du das vielleicht auch«, vermutete Tarnus nachsichtig. »Ihm geschieht schon nichts, also entspann dich. Ich könnte dir auch ein wenig dabei helfen, wenn du willst«, fügte er leise hinzu und legte seine Hand auf die Schulter seines Freundes.
»Nein, danke«, sagte Ramius kopfschüttelnd und schob die Hand von seiner Schulter. »Ich habe nicht vor, mir von dir eine berechtigte Sorge nehmen zu lassen. Aber danke für dein Angebot. Ich weiß, du meinst es gut.« Er hielt kurz inne. »Hast du etwas über den Feind herausgefunden?«
Leise berichtete Tarnus ihm alles, was am Vortag geschehen war und was er herausgefunden hatte. Dabei sah er sich immer wieder um, als beobachtete sie jemand. Jedes Mal folgten die Freunde seinem Blick. Es war unheimlich, zu wissen, dass jedermann in der Menge ein Anhänger dieses scheußlichen Kultes sein konnte.
»Das sind wirklich schlimme Nachrichten«, stellte Ramius fest, sobald Tarnus geendet hatte. »Aber dafür wissen wir nun, wer der Feind ist.«
»Wir wissen nur, welchen Gott sie anbeten, aber nicht, wer er ist«, korrigierte Tarnus ihn. »Du verfügst doch über besonders gute Aufzeichnungen der Stadtgeschichte? Kannst du für mich herausfinden, ob irgendein Geschlecht je in besonderer Verbindung zu dem Kult stand?«

»Du denkst, dass eine hohe Familie dahinter steckt?«

»Es könnte zumindest sein und einen dickeren Strohhalm habe ich im Moment nicht«, erwiderte der Alte bedauernd.

»Wer bewacht im Moment eigentlich diesen verfluchten Stab?«

»Ich habe Volias dazu verurteilt«, lachte Tarnus. »Er war nicht besonders glücklich darüber, während der *Corridora* zu Hause herumzusitzen und mit ein paar anderen Männern meine leeren Räume zu bewachen. Aber er fühlt sich so schuldig für den Zwischenfall gestern, dass er fast schon wieder froh war auf diese Weise Buße tun zu können.«

»Volias ist ein guter Mann«, nickte Ramius knapp und sah über den Platz hinweg. »Da kommen ja unsere tapferen Krieger!«

Die Menge brach in wilden Jubel aus, als in geordneten Reihen die achtundsiebzig Wettstreiter auf die von Wachen geräumte Mitte des Platzes ritten und dort winkend stehen blieben. In seiner eigenen Tribüne stand nun der oberste Priester der Stadt auf und hob die Arme. Totenstille senkte sich über den Platz und er ermahnte die Reiter auf jedes verbotene Hilfsmittel zu verzichten und sich den anderen gegenüber untadelig zu verhalten. Nachdem er seine Erklärung beendet hatte, ertönte ein gewaltiger Gong und unter den Tribünen strömten plötzlich einige dutzend Männer hervor, die mit schwarzen Fellkostümen als grausige, rattenähnliche Kreaturen verkleidet waren. Unter schauerlichem Geheule umsprangen sie die Reiter, streckten ihnen die Zunge heraus und brüllten wüste Beschimpfungen. Die Menge lachte laut auf, als die Maskierten zuletzt brüllend die Tribünen stürmten und die Leute an den Haaren zogen und sie zwickten.

»Was soll denn das bedeuten?«, lachte Phillo.

»Dieses Rennen findet doch statt, seit die jungen Krieger der Stadt in letzter Minute aus der Ferne herbeieilten, um ihre Heimat vor Monstern zu retten, die aus der Erde erschienen sind«, erklärte Tarnus schmunzelnd. »Und das sind diese Monster.«

Unter den Zuschauern wurde schnell der vergnügte Ruf nach Hilfe laut, dass man sie vor den Wesen retten sollte. Die Reiter warteten genüsslich, bis die Menge sich die Lunge aus dem Leib schrie, und schließlich reihten sie sich unter Jubelrufen in einem gewaltigen Halbkreis auf. Das Zentrum dieses Halbkreises war eine Straße, die den ersten Teil der Rennstrecke bildete.

Die Freunde sahen sich ungläubig an, als sie erkannten, dass schon hier ein großer Teil der Reiter ausscheiden würde. In die Straße passten höchstens zehn Pferde und nun würden achtundsiebzig Teilnehmer gleichzeitig versuchen, als Erste den Platz zu verlassen. Es war offensichtlich, dass es bereits in den ersten Sekunden Verletzte geben würde.

»Da bin ich aber mal gespannt«, keuchte Jeans. »Seht Ihr Mides?«

»Dort drüben, in der Nähe dieser Statue«, sagte Art. »Culius habe ich noch nicht entdeckt.«
»Der ist sieben Plätze weiter links«, rief Sanna aufgeregt. »Wann geht's denn los?«, wandte sie sich an die beiden Männer.
»Sobald der Priester das Zeichen gegeben hat«, erklärte Ramius. »Er wartet, bis es genau Mittag ist – seiner Meinung nach zumindest. Und dann hebt er beide Arme. Es sollte jeden Moment so weit sein.«
Kaum hatte er seine Erklärung beendet, als der Priester in der weiß-roten Robe die Arme hochriss und die Reiter ihren Pferden die Sporen in den Bauch rammten. Unter dem ohrenbetäubenden Geschrei der Zuschauer preschten sie auf die Gasse zu. Mit jedem Meter, den die Wettkämpfer zurücklegten, wurden einige der Männer nach hinten gedrängt und hatten schon damit jede Chance verloren, das Rennen zu gewinnen. Innerhalb von Sekunden stolperten über zwanzig Pferde in dem Gedränge und schleuderten ihre Reiter zu Boden, während die Ersten in der Straße verschwanden und ihr Bestes gaben, um den Vorsprung sofort auszubauen.
»Culius ist drin!«, schrie Jeans. »Er hat es geschafft!«
»Los, Culius!«, brüllte Ramius in plötzlicher Begeisterung und sprang auf. »Hetz sie zu Tode!«
Mit einem gewaltigen Satz über das gestrauchelte Ross eines Gegners ließ auch Mides in diesem Augenblick das lärmende Chaos hinter sich und preschte in die Stra-

ße, verfolgt von dem Wiehern der gequälten Tiere und dem Fluchen ihrer Reiter.

»Beide haben es geschafft!«, plärrte Art und sprang vor Begeisterung auf und ab. »Ist das geil!«

Obwohl die Freunde Mides nicht leiden konnten, waren er und Culius unter all den Teilnehmern doch die einzigen, die sie kannten, und inmitten der tobenden Menge wünschten sie sich plötzlich von Herzen, dass einer der beiden gewann.

Sobald auch Mides außer Sicht war, löste sich das undurchdringliche Gewühl ein wenig auf. Fast die Hälfte der Pferde war schon auf diesen ersten Metern so schwer verletzt worden, dass die Tiere nicht mehr zu gebrauchen waren und von ihren wütenden Besitzern weggeführt wurden. Die anderen trieben ihre Rösser so lange voran, bis auch sie endlich den Platz hinter sich gelassen hatten. Doch wer sich nicht als einer der Ersten seinen Weg in die Straße gebahnt hatte, war offensichtlich aus dem Rennen und versuchte nur noch, seine Ehre zu retten.

Nach etwa fünf Minuten war alles vorbei. Auf dem Platz standen nur noch die Tiere, die nicht mehr geritten werden konnten. Das Toben der Menge war wieder ein wenig abgeebbt und die Männer in den Fellkostümen hatten sich getrollt. Nun wartete alles darauf, dass die Straße auf der anderen Seiten des Platzes die Helden der *Corridora* wieder ausspuckte.

»Ein Wahnsinn ist das!«, schnaubte Ramius angewidert,

als zuletzt das gute Dutzend Verletzter weggetragen wurde, das nicht mehr von selbst davonhumpeln konnte. Doch selbst auf seinem Gesicht spiegelten sich die Begeisterung über das Spektakel und der Stolz auf seinen erfolgreichen Sohn wieder.

»Ich bin mal gespannt, was du sagst, wenn Culius die Lanze holt«, lachte Tarnus und schlug ihm auf die Schulter. »Das würde deine Abneigung gegen das Rennen sicher erheblich verringern, schätze ich.«

»Unfug!«, schnaubte Ramius, konnte sich aber ein Grinsen nicht verkneifen.

Schon von weitem hörten sie, wie die Menschen in den Straßen jubelten, als die Reiter an ihnen vorbeipreschten und sich wieder dem Platz näherten.

»Da kommen sie!«, rief Phillo. »Ich sehe schon den Ersten!«

»Wer ist es?«, schrie Sanna begeistert und streckte sich, um besser sehen zu können. »Erkennst du ihn?«

»Das ist Culius!«, keuchte Jeans.

»Ich glaube es nicht!«, ächzte Ramius. »Er siegt!«

»Und da ist Mides!«, brüllte Tarnus wie von Sinnen. »Mides, schneller! Du schaffst es noch!«

Culius kauerte dicht über den Hals seines Pferdes gebeugt im Sattel und hämmerte dem Tier die Fersen in den Bauch. Die Hufe dröhnten auf dem Steinpflaster des Platzes, als er die letzten hundert Meter bis zu den beiden Säulen zurücklegte, die das Ziel darstellten. Etwa fünf Meter hinter ihm preschte ein anderer Reiter

dahin und holte immer weiter auf. Mit einigem Abstand folgte Mides, der zwar nicht mehr gewinnen konnte, aber dennoch alles aus seinem Tier herausholte.
»Er schafft es tatsächlich!«, rief Tarnus lachend und packte Ramius' Arm. »Dein Sohn holt dir die Lanze!«
Es ging alles viel zu schnell, um genau sehen zu können, was geschah. Ohne jeden erkennbaren Grund knickte das Ross von Culius mit dem rechten Vorderbein ein und überschlug sich mit einem schrillen Wiehern. Culius wurde aus dem Sattel geschleudert und schlug genau zwischen den Säulen des Zieles auf dem Pflaster auf. Sein Verfolger konnte sein Pferd weder bremsen noch konnte er ausweichen. Die Menge schrie entsetzt auf, als er über den reglos daliegenden Culius hinwegpreschte und ihn noch einige Meter fortschleuderte, bis er zuletzt gegen den Fuß einer Tribüne prallte.
Auch das Pferd des Verfolgers stürzte, doch sein Reiter landete glücklicher als Culius und stand sofort wieder auf. Mit schnellen Schritten humpelte er zu seinem Opfer, um das sich bereits mehrere Helfer geschart hatten.
»Komm mein Freund!«, sagte Tarnus mit rauer Stimme und packte Ramius am Arm. »Wir sehen nach ihm. Sanna, ich bitte Euch – kommt mit! Vielleicht brauchen wir Euch!«
Es dauerte einen kleinen Moment, bis Sanna begriff, was der Alte meinte. Dann folgte sie den beiden Männern und vermied es, Ramius anzusehen, dessen Gesicht eine Fratze des unvorstellbaren Schreckens war.

Die rechte Hälfte von Culius' Gesicht war völlig zerschmettert. Als das Pferd über ihn hinweggeritten war, musste es ihn mit einem Huf erwischt haben. Sein linkes Bein war grotesk verdreht und beide Arme schienen gebrochen zu sein. Die Männer, die um ihn herum standen, sahen sich gegenseitig hilflos an. Mides war sofort von seinem Pferd gesprungen und zu seinem Freund hingestürzt, während hinter ihm die letzten Reiter durch das Ziel ritten. Nun stand er mit hängenden Schultern da und in seinem tränenüberströmten Gesicht stand die Frage, wie dieses Unglück hatte geschehen können.

»Götter!«, keuchte Ramius, sobald er seinen Sohn genauer gesehen hatte, und taumelte einen Schritt nach hinten, bis Tarnus ihn am Arm packte und stürtzte. Sein Gesicht wurde aschfahl und verzerrte sich schließlich zu einer Maske des Irrsinns. »Er wollte es mir nicht glauben«, flüsterte er. »Ich habe es ihm gesagt und er wollte es nicht glauben. Verflucht sei der Tag, an dem . . .«

»Ramius!«, sagte Tarnus leise. »Reiß dich zusammen! Dein Sohn ist im Wettkampf gestorben wie ein Mann! Raube seinem Tod nicht diese Würde, indem du jammerst wie ein Weib!«

Als hätte man ihn geschlagen, zuckte Ramius zusammen. Dann schüttelte er den Griff des Alten ab und nickte. »In Ordnung«, sagte er tonlos. »Du hast Recht. Ich werde ihn in mein Haus bringen lassen, dass die Totenwache gehalten werden kann.« Damit wandte er sich ab und stapfte wortlos davon, während seine Bediensteten eilig den Leichnam aufhoben und davontrugen.

DAS Unglück des jungen Herrn von Arsinio überschattete nur eine kurze Weile die Stadt. Zwar war die Stimmung auf dem Fest, das auf die *Corridora* traditionell folgte, noch eine Weile recht gedämpft. Doch sobald der starke Wein seine Wirkung bei den Leuten tat, kamen alle zu der Übereinkunft, dass man auch nach einem solch schrecklichen Unfall weiterleben müsse. Und noch bevor die Dunkelheit hereinbrach, wurde überall gesungen und getanzt, ohne dass man überflüssige Gedanken an Culius' Tod verschwendet hätte.

Überall wurden Weinkrüge geschwenkt, denn am Tag der *Corridora* sorgten die herrschenden Geschlechter der Stadt dafür, dass die Einwohner Shalaans sich an den Weinen aus ihren Ländereien ringsumher gütlich tun konnten. Den Freunden kam es seltsam vor, dass der Tod von einem der Wettkämpfer so wenig Wirkung auf die Stimmung hatte.

»Da könnt Ihr sehen, wie wenig Ramius' Geschlecht noch geachtet wird«, erklärte Tarnus bitter, als Sanna ihn darauf ansprach. »Die Arsinios sind eine der ältesten Familien der Stadt, vielleicht sogar die älteste. Ihr Turm stand schon, bevor Shalaan eine echte Stadt war. Doch nun ist auch ihre letzte Macht dahin und schon ist den Leuten der Tod des armen Culius völlig gleichgültig.«

»Wenn ich an seiner Stelle gewesen wäre, würde jetzt kein Mensch es wagen, auch nur leise zu summen, um meinen Vater nicht zu verärgern«, stimmte Mides böse zu. »In dieser verfluchten Stadt werdet Ihr alles finden, was es für Geld zu kaufen gibt. Aber Mitleid oder Ehrgefühl sucht man vergeblich.«

Ramius hatte sie um ihr Verständnis dafür gebeten, dass er die Totenwache seines Sohnes alleine halten wollte. Der alte Elhaîn hatte seinen Freund daraufhin umarmt und ihm versprochen am nächsten Tag rechtzeitig zur Totenfeier zu kommen. Die Freunde hatten sofort beschlossen mit ihm nach Hause zu gehen. Auch ihnen war die Lust auf das Fest gründlich vergangen. Sanna war erschüttert von der Verzweiflung, die in den Gesichtern ihrer Gastgeber stand. Selbst den drei anderen tat Mides Leid, der sich offensichtlich nur mit Mühe daran hindern konnte, in Tränen auszubrechen. Doch sobald sie ihren Gastgebern erzählten, dass auch sie nach Hause gehen wollten, hatten die beiden dies energisch abgewehrt.

»Diese Tragödie sollte Euch nicht daran hindern, Euch zu amüsieren«, erklärte Tarnus kopfschüttelnd. »Mides und ich kannten Culius seit seiner Geburt. Aber für Euch war er letztlich ein Fremder. Dieses Fest nicht zu genießen wäre einfach zu schade. Nein, holt Euch ein paar Krüge Wein, und trinkt auf den armen Culius, wenn Euch danach ist – das dürfte das Beste sein, was Ihr für ihn tun könnt. Wir sehen uns morgen im Laufe

des Tages, und hütet Euch vor Taschendieben. Besonders Sanna sollte auf diesen Anhänger achten.«
»Danke für die Warnung«, nickte Sanna und griff unwillkürlich nach dem Arcanion auf ihrer Brust. Sie hatte sich mittlerweile so sehr an das Schmuckstück gewöhnt, dass sie kaum noch daran dachte.
»Wann wird denn die Beerdigung sein?«, fragte Art.
Mides schüttelte den Kopf. »Angehörige der hohen Geschlechter werden nicht begraben. Morgen früh bei Sonnenaufgang wird der Leichnam während der Totenfeier auf der Spitze seines Turms verbrannt. Dann können alle Einwohner sehen, dass einer der edlen Söhne Shalaans von ihnen gegangen ist.«
»Auch wenn es diesmal nicht allzu viele von ihnen interessiert«, fügte Tarnus verächtlich hinzu. »Nun gut, ich wünsche Euch noch viel Spaß und gebt auf Euch Acht.«
»Das werden wir, danke«, nickte Phillo und die beiden Elhaîn verschwanden mit ihrer kleinen Leibgarde von Bewaffneten im Getümmel.
»So, die wären wir los«, stellte Art fest. »Und jetzt?«
Die vier Freunde sahen sich um. Überall rings um den Platz waren Schänken aufgebaut, an denen man sich Wein und andere Getränke holen konnte. Eine der Tribünen war rasch zu einer Bühne umfunktioniert worden, auf der nun eine Musikantengruppe mit ihren Dudelsäcken, Trommeln und Flöten für Stimmung sorgte. Überall drängten sich fliegende Händler mit ihren

Bauchläden durch die Menge und boten Salzgebäck, Honigkuchen und andere Kleinigkeiten feil.
»Ich würde sagen«, meinte Jeans achselzuckend, »wir amüsieren uns.«
Bald darauf saßen die Freunde an einem der großen Tische, die man für die Feiernden auf der einen Seite des Platzes aufgestellt hatte, und ließen sich knusprigen Echsenbraten schmecken.
Jeans kaute genussvoll, doch plötzlich weiteten sich ihre Augen und sie stand langsam auf.
»Was ist denn los?«, fragte Art verwundert und leckte sich die Soße von den Fingern.
»Das ist er!«, zischte Jeans und deutete unauffällig quer über die Tische. »Der Typ, der Art in diesem Schmuckladen angegriffen hat! Dort drüben läuft er!«
»Was?«, grollte Phillo, fuhr herum und suchte die Menschenmenge nach dem Glatzkopf ab. »Ich sehe ihn nicht.«
»Er hat gerade seine Kapuze wieder aufgesetzt. Der Typ in Schwarz, bei der Säule dort hinten. Ich bin mir ganz sicher.«
»Tatsache«, stellte Phillo fest. »Na kommt, den holen wir uns! Diesmal kriegen wir ihn.«
»Warte doch mal«, sagte Sanna hastig und hielt ihn am Handgelenk fest. »Ihn jetzt anzugreifen ist doch Unsinn! Wenn wir ihm folgen, ohne dass er es merkt, führt er uns vielleicht zu dem Versteck unseres Feindes.«
»Gute Idee!«, rief Art begeistert und schlüpfte unter

dem Tisch durch. »Ich laufe ihm nach und komme dann zurück.« Bevor ihn jemand daran hindern konnte, war er in der Menge verschwunden.

»Verdammt!«, schnaubte Jeans und warf ihre Gabel hin. »Der kleine Blödmann verdirbt am Ende noch alles. Na los, bewegt euch!«

Fluchend machten sie sich daran, ihrem Freund zu folgen, bevor sie ihn endgültig in der Masse verloren. Nach wenigen Augenblicken hatte Phillo ihn eingeholt und packte ihn am Kragen.

»Himmelherrgott, was hast du denn vor?«, knurrte er. »Warte gefälligst auf uns! Wo ist der Mistkerl?«

»Dahinten, um die Ecke ist er verschwunden und jetzt lass mich los! Ich hätte das auch alleine gekonnt.«

»Ist ja gut«, beschwichtigte Sanna ihn. »Wir wollten nicht, dass dir was passiert. Und jetzt leise, okay?«

Vorsichtig folgten sie dem Glatzkopf in dem schwarzen Umhang durch unzählige Straßen, die immer einsamer wurden, je weiter sie sich von dem Fest entfernten. Schon nach wenigen Minuten mussten sie einen Abstand von zwei oder drei Häuserblocks einhalten, um nicht Gefahr zu laufen, seine Aufmerksamkeit zu erregen. Phillo und Jeans gaben die ganze Zeit über auf Art Acht, der sich in seiner Neugier kaum zügeln konnte und dem Kerl am liebsten auf die Hacken getreten wäre. Doch der Mann schien keine Ahnung von seinen Verfolgern zu haben. Eine gute halbe Stunde marschierte er zielstrebig durch die nächtliche Stadt, ohne sich auch

nur einmal umzusehen. Mit der Zeit verloren die Freunde ihre Angst, entdeckt zu werden, und sparten es sich schließlich, in jeden Hauseingang zu schlüpfen, an dem sie vorbeikamen.
Ihre Sorglosigkeit wäre ihnen beinahe zum Verhängnis geworden, als der Kerl vor einem alten Haus nahe dem Hafen stehen blieb und sich vorsichtig nach beiden Seiten umsah. Da die Feier im Zentrum stattfand, war hier kaum jemand auf der Straße und die Freunde standen völlig ohne Deckung da. Zum Glück wandte der Glatzkopf sich zuerst von ihnen ab und die Freunde konnten sich gerade noch rechtzeitig in den Schatten eines Mauervorsprungs drängen, bevor er auch in ihre Richtung spähte. Als er niemanden entdeckte, verschwand er in dem Haus. Langsam lösten sich die Freunde aus ihrem Versteck und schlichen dem Mann nach.
Unter dem Haus führte ein schmaler Durchgang in einen kleinen, verlassenen Innenhof mit einem Brunnen in der Mitte. Von dem Mann war nicht das Geringste zu entdecken. Eine altersschwache Tür führte in das Rückgebäude. Art rüttelte an dem morschen Holz, das zwar lautstark im Rahmen klapperte, aber sich nicht öffnen ließ.
»Geht nicht auf«, erklärte er erstaunt. »Wahrscheinlich hat er sie von innen verriegelt.«
»Und wenn er es bis jetzt noch nicht getan hätte, wäre es nun so weit«, zischte Jeans wütend. »Verflucht, Art, sei doch ein bisschen leiser!«

»Lass mich mal«, grollte Phillo und rüttelte ebenfalls an der Tür. »Ich glaube, jetzt müssen wir nicht mehr besonders leise sein«, meinte er, trat ein Stück zurück und warf sich dann mit aller Kraft dagegen. Mit einem Krachen löste sich die Tür aus dem Rahmen, donnerte zu Boden und wirbelte eine gewaltige Staubwolke auf. Hektisch sah sich Phillo um. Das Haus war offensichtlich seit Ewigkeiten nicht mehr betreten worden. In einer Ecke standen ein paar von Spinnweben verhangene Möbel herum, ansonsten war nichts zu entdecken. Die Treppe in den ersten Stock war heruntergebrochen und lag von einer dicken Staubschicht bedeckt am Boden.

»Siehst du noch einen anderen Ausgang?«, fragte Jeans und nieste.

»Der Typ hat sich in Luft aufgelöst«, schnaubte Phillo wütend. »Verflucht, wo ist er hin? Hier kann er doch nicht sein!«

»Man müsste zumindest seine Fußabdrücke sehen, bei dem Dreck hier«, stimmte Sanna ihm zu. »Und wenn er fliegen könnte, wäre er vermutlich nicht den ganzen Weg hierher zu Fuß gegangen.«

»Hey, kommt mal her!«, rief Art draußen. »Ich habe was gefunden!«

Der Brunnen in der Mitte des Hofes war mit einer hüfthohen Steinmauer umrandet, auf der Art nun kniete und weit vornüber gebeugt in den düsteren Schacht hinunterspähte.

»Ist der Kerl da reingefallen?«, fragte Jeans spöttisch

und nieste noch einmal aus Leibeskräften. »Bah, dieser verfluchte Staub! Nun sag schon, was hast du gefunden?«

»Ich glaube, da kann man runterklettern«, meinte Art und deutete auf die Mauer unter sich. »Da sind so Löcher in den Steinen. Ich probier das mal aus.« Damit schwang er sich ins Innere des Schachtes und hangelte sich rasch weiter nach unten. »Geht echt gut«, hallte seine Stimme dumpf nach oben.

»Was ist da?«, rief Sanna leise. »Kannst du was sehen?«

»Es ist verflucht dunkel hier«, rief Art. »Aber wartet mal, ich glaube, da ist eine Öffnung in der Wand.«

»Meint ihr wirklich, dass der Typ da runtergeklettert ist?«, fragte Jeans skeptisch.

Phillo zuckte die Achseln. »Ich wüsste nicht, wo er sonst sein sollte. Wenn der kleine Affe da unten wirklich was findet ...«

»Hier ist ein Tunnel«, hallte Arts begeisterte Stimme den Schacht hinauf. »Ich schau schon mal, wo der hinführt. Bis gleich!«

»Warte gefälligst auf uns!«, rief Jeans wütend und schwang sich über die Brüstung. »Wenn wir ihn eingeholt haben, lege ich ihn an die Leine!«

Ihre Füße ertasteten die Vertiefungen in der Mauer unter ihr. Zuerst war Jeans recht mulmig bei der Vorstellung, in den bodenlosen Brunnen hinunterzuklettern. Doch dann stellte sie fest, dass die Löcher am vorderen Rand tiefe Rillen hatten, an denen man sich gut festklammern konnte. Es war kaum anstrengender, als eine normale Leiter hinabzusteigen. Über ihr setzten sich auch Phillo und Sanna in Bewegung, um Art zu folgen.

Nach etwa vier Metern sah Jeans den Tunneleingang. Es war ein recht geräumiges Loch direkt neben den Greiflöchern. Dennoch wäre sie um ein Haar abgestürzt, als sie sich hineinschwang.

»Vorsicht!«, rief sie gedämpft nach oben. »Das ist verdammt glitschig hier.« Sie streckte die Arme aus, um Sanna zu helfen.

»Danke«, brummte Sanna und massierte sich die Hände. »Wo ist der Affe?«

Jeans zuckte die Schultern und spähte den düsteren Tunnel entlang. »Ich sehe nix. Aber vermutlich sollten wir schnell machen, bevor er irgendwas anstellt.«

»Macht mal Platz!« Phillo quetschte sich ebenfalls in den Eingang. »Verdammt, ist das eng hier! Na los, worauf wartet ihr denn!«, drängte er.

»Sieh da, ein Brunnenmolch«, murmelte Jeans genervt, während sie sich in die Finsternis vortastete.

Nach wenigen Augenblicken hatte sich Jeans so oft den Kopf gestoßen, dass sie nur noch tief gebückt weiterlief. Der Tunnel wand sich mal nach links, mal nach rechts. Schon ein paar Minuten später hatten die Freunde keine Ahnung, wie weit sie so gekrochen waren, ganz zu schweigen davon, wo sie sich unter der Stadt befanden.

»Herrgott, Jeans, siehst du endlich mal irgendwas?«,

fragte Sanna keuchend, als der Tunnel plötzlich steil bergauf ging.
»Art zum Beispiel?«, grollte Phillos Stimme hinter ihr. Er musste fast auf den Knien rutschen, um nicht mit dem Schädel an der Decke entlangzuschrammen. Die gebückte Haltung sorgte dafür, dass seine geprellte Rippe sich wieder schmerzhaft in Erinnerung rief.
»Ich sehe nur Schwarz«, gab Jeans zurück. »Verdammt, Sanna, hör auf, mich anzurempeln! Ich mache doch schon so schnell, wie ich in diesem blöden Loch – Moment mal, da vorne wird es hell!«
Langsam gingen die Freunde weiter. Dumpfes Gemurmel und Gongschläge schallten ihnen entgegen. Nach einer scharfen Biegung erreichten sie endlich das Ende des Tunnels. Das plötzliche Licht blendete Jeans so, dass sie beinahe über Art gestolpert wäre, der hier am Boden kniete und fasziniert in den Raum starrte, in den der Gang mündete.
»Da bist du ja, verflucht«, schimpfte sie leise. »Kannst du nicht mal auf uns warten?«
»Das ist echt krass, was hier abgeht«, zischte Art begeistert, ohne sich weiter um den Vorwurf zu kümmern. »Lauter Typen in Kutten! Und die Bude hier ist voll daneben!«
Wortlos drängte sich Jeans an ihm vorbei, spähte vorsichtig durch die Öffnung und sah sich staunend um. Der Tunnel endete in einer Art unterirdischem Amphitheater, über dem sich eine riesige Kuppel wölbte. Von

der Kuppel hingen an Ketten fünf Bronzebecken herab, in denen helle Feuer brannten. Im Zentrum des Raumes war eine kreisrunde tiefschwarze Steinplatte in den Boden eingelassen. Um diesen Stein herum standen in einem Kreis etwa dreißig Männer in schwarzen Kapuzenumhängen. Sie hielten einander an den Händen, starrten auf die schwarze Steinplatte und wiegten sich leise im Takt ihres monotonen Singsangs. Nach kurzer Zeit hatte Jeans den Glatzkopf unter ihnen entdeckt.

Sanna stützte sich auf Jeans' Schulter. »Da ist ja unser Skinhead«, stellte sie leise fest.

»Was treiben diese Typen denn da?«, brummte Phillo, der sich mit beiden Armen an den Tunnelwänden abstützen musste, um sich über die anderen beugen zu können, ohne vornüberzufallen.

»Das machen die schon, seit ich da bin«, erzählte Art. »Ich glaube, die warten auf irgendwas.«

»Und ich weiß sogar, worauf«, sagte Sanna atemlos. »Schaut mal dort drüben, an der Mauer!«

Atemlos beobachteten die Freunde, wie auf der anderen Seite des Raumes plötzlich ein Teil der Wand in Bewegung geriet und mit leisem Knirschen zur Seite glitt. Sofort verstummten die Männer, knieten nieder und pressten ihre Gesichter auf den Boden. In der düsteren Höhlung hinter der Geheimtür erschien eine Gestalt, die den Freunden nur zu gut vertraut war. Der riesige Rabe entfaltete seine Schwingen und schwebte zu der schwarzen Steinplatte hinunter, wo er sich mit rot glü-

henden Augen umsah. In seinen Krallen hielt er einen silbern leuchtenden Stab.
»Ach du Scheiße!«, flüsterte Phillo. »Das ist der Rabe von unserem Schiff!«
»Und seht mal, was das Biest dabeihat!«, fügte Jeans düster hinzu. »Es hat den Stecken geklaut.«
Der Rabe entfaltete erneut seine Schwingen und stieß ein Krächzen aus. Im nächsten Augenblick stand an seiner Stelle ein Mann in einer schwarzen Kutte. Langsam beugte er sich vor, hob den Stab auf und streifte dann seinen Kapuze zurück. Darunter kamen ein blonder Schopf und ein sorgenzerfurchtes Gesicht zum Vorschein.
»Ich grüße Euch, meine Kinder«, hallte Ramius' Stimme durch den Saal. »Heute ist ein großer Tag. Unsere Rache ist nahe.« Auf diese Worte hin richteten sich die Männer auf und brachen in tosenden Jubel aus.
Art fand als Erster die Sprache wieder. »Na, so was«, sagte er. »Hätte ich nicht geglaubt, dass ausgerechnet Ramius hinter der Sache steckt. Ich dachte, der wäre ein alter Freund von Tarnus.«
»Das dachte der auch«, bemerkte Jeans trocken. »So kann man sich täuschen.«
»Hat Tarnus nicht auch gesagt, dass Ramius keine magischen Kräfte hat?«, fragte Phillo zweifelnd.
»Wir müssen ihn warnen«, stieß Sanna entsetzt hervor. Sie wurde plötzlich von einem unsäglichen Grauen erfüllt, als sie die düstere Macht des Stabes spürte. »Na los, kommt schon!«

Jeans packte sie am Handgelenk. »Beruhig dich mal! Vielleicht finden wir noch was Wichtiges heraus.«
Widerstrebend wandte Sanna sich wieder dem Geschehen in der Mitte des Raumes zu. Der Jubel der Männer verebbte, als Ramius gebieterisch die Hand hob.
»Unser Herr hat mir ein Zeichen gesandt«, verkündete er. »Ich hatte heute Nacht einen Traum, in dem ich die Stadt in Feuer und Blut versinken sah. Die Hunde unseres Herrn rasten durch die Straßen und töteten Jung und Alt und siehe! Aus dem Inferno wurde ein neues Reich geboren, beherrscht von den Dienern des einzig wahren Gottes, des Wandlers im Chaos, unserem Herrn Yurvin.«
Die Männer hingen gebannt an den Lippen ihres Führers, der sich mit blitzenden Augen umsah. »Zuerst zweifelte ich an dieser Vision, doch dann hat Yurvin mir diesen Stab gesandt. In ihm schlummert die Macht, diese Vision Wirklichkeit werden zu lassen. Ich sage euch, es ist der Tag unseres Aufbruchs gekommen. Wir stehen an der Schwelle eines neuen Zeitalters und die Diener des Einzigen werden herrschen über die Niederen dieser Welt! Die Rache ist unser!«
Auf diese Predigt folgte ein so ohrenbetäubender Jubel, dass Jeans normal laut sprechen konnte, ohne sich zu verraten. »Okay, der Typ hat ein Rad ab«, stellte sie fest.
»Anscheinend ist er durch den Tod von Culius irre geworden«, stimmte Sanna entsetzt zu.
»Von mir aus, aber wenn er diesen Zirkus hier unter

Trauerzeit versteht, möchte ich nicht wissen, was er in den Flitterwochen getrieben hat. Wir müssen Tarnus warnen. Irgendwas muss den Kerl aufhalten, bevor der seinen Traum wahr macht.«

»Sollten wir nicht versuchen ihm den Stab abzunehmen?«, fragte Phillo. Seine gelben Augen glommen kampfeslustig in der Dunkelheit. »Sonst entwischt er uns noch.«

»Ich glaube nicht, dass wir hier eine Chance haben. Erinnere dich mal, was passiert ist, als wir das letzte Mal gegen diese Kerle gekämpft haben. Wenn Tarnus uns nicht gerettet hätte, wären wir jetzt nicht mehr hier.«

»In Ordnung«, stimmte Phillo zu und drehte sich mühsam um, um den Tunnel zurückzugehen. »Gott, bin ich froh, hier wieder rauszukommen. Meine Rippe tut vielleicht weh!«

Rasch liefen die Freunde den Gang zurück zum Brunnenschacht. Einige Minuten später standen sie wieder in dem düsteren Hinterhof und machten sich auf den Weg zum Turm von Tarnus. Je weiter sie sich dem Zentrum näherten, desto verstopfter waren die Straßen von der immer noch feiernden Menschenmasse. Es schien, als wäre mittlerweile die ganze Stadt betrunken. Überall wurde gesungen und getanzt und zwischen all den Leuten sprangen die als zottelige Bestien maskierten Männer umher, die den Frauen die Haare zerzausten und scherzhaft derbe Fußtritte an die Männer verteilten. Um überhaupt irgendwie vorwärts zu kommen, musste

Phillo zuletzt seinen Freunden vorangehen und mit all seinem Körpergewicht eine Gasse für die anderen schaffen. Wütende Rufe ertönten, wo immer der riesige Khoganer die Menge beiseite schob. Keiner der Freunde kümmerte sich darum, sie hatten es eilig. Dennoch dauerte es eine gute halbe Stunde, bis sie endlich den Turm von Tarnus erreicht hatten.

Die Wachen am Tor wirkten nervös. Beide Männer griffen nach ihren Hellebarden, als sie die Gäste ihres Herrn bemerkten.

»Ist Herr Tarnus zu Hause?«, fragte Sanna ohne Umschweife.

»Das ist er«, sagte einer der Männer und öffnete das Tor für sie. »Ich weiß aber nicht, ob er jetzt Zeit für Euch hat. Bei uns wurde eingebrochen.«

»Das wissen wir bereits«, erklärte Jeans knapp. »Genau deshalb müssen wir ja zu ihm.«

Atemlos rannten die Freunde durch das Gebäude die Treppen hinauf zu den Gemächern des Hausherrn. Sie fanden Tarnus und Mides in ein heftiges Gespräch mit ihrem Hausverwalter vertieft vor. Die Gesichter der beiden Elhaîn waren bleich und angespannt.

Der Hausverwalter beteuerte gerade die Unschuld der Wachen. »Es muss einfach böse Zauberei im Spiel gewesen sein«, versicherte er. »Kein Mensch hat etwas gesehen, und der einzige Zugang zu dem Raum war gut bewacht. Was auch immer den Stab gestohlen hat, es muss durch das Fenster gekommen sein.«

»Ich glaube dir ja«, beruhigte Tarnus den aufgelösten Mann und wandte sich den Freunden zu. »Ich habe schlechte Neuigkeiten«, sagte er. »Wir wurden überfallen.«

»Und wir wissen, wer es war«, rief Art aufgeregt.

»Was?«, schrie Mides und knallte seinen Kelch auf den Tisch. »Wer war es?«

Bevor jemand etwas sagen konnte, hob Tarnus die Hand und bedeutete dem Verwalter, den Raum zu verlassen. Sobald er die Türe hinter sich geschlossen hatte, platzte Art heraus: »Es war Ramius!«

Einen Augenblick lang sah Tarnus ihn stirnrunzelnd an und rang sich schließlich ein schmales Lächeln ab. »Es tut mir Leid, meine Freunde, aber ich habe für dergleichen im Moment keine Zeit. Dieser verfluchte Stab ist gestohlen worden, Volias ist in eine Ohnmacht versunken, aus der er einfach nicht aufwachen will, und niemand hat . . .«

»Art macht keine Witze, Tarnus«, unterbrach Sanna ihn ruhig. »Es ist wahr. Ramius ist der geheimnisvolle Feind. Wir haben ihn vor nicht einmal einer Stunde gesehen, wie er den Stab in Händen hielt.«

»Sanna, das ist Unfug«, schnaubte Mides.

»Ramius ist mein Freund, seit ich denken kann«, fügte Tarnus hinzu und holte tief Luft. »Abgesehen davon, dass er überhaupt nicht die Macht hat, den Stab zu stehlen – ich würde ihm blind mein Leben anvertrauen. Welcher Irrtum Euch auch immer zu dieser unsinnigen

Behauptung gebracht haben mag, ich bitte Euch, meine Zeit nicht mehr damit zu verschwenden.«

»Dann hört Euch doch wenigstens die ganze Geschichte an«, begann Jeans genervt. »Wir sind dem Glatzkopf begegnet, der Art . . .«

»Seht dort aus dem Fenster!«, sagte Tarnus, dem nun der Kragen platzte. »Da drüben steht der Turm, auf dessen Spitze Culius' Leichnam darauf wartet, morgen verbrannt zu werden. Bitte beleidigt ihn nicht, indem Ihr seinen Vater auf so unüberlegte Weise verleumdet.«

Tatsächlich war Mides der Einzige, der dieser Aufforderung seines Vaters nachkam. Mit schmerzerfülltem Gesicht sah er in die lärmende Nacht hinaus. Plötzlich weiteten sich seine Augen und er machte ein paar Schritte zum Fenster hin.

»Vater!«, stieß er entsetzt hervor. »Sieh dir das an!«

Mit gerunzelter Stirn trat Tarnus ans Fenster. Im nächsten Augenblick schreckte er zurück. »Was soll das bedeuten?«, murmelte er.

Die vier Freunde drängten sich hinter ihn, um auch etwas zu sehen. Auf der Spitze eines anderen Turmes loderte ein riesiger Scheiterhaufen, dessen Flammenschein die ganze Stadt erhellte.

»Anscheinend wollte Ramius nicht warten«, stellte Jeans düster fest. »Irgendwie überrascht mich das nicht besonders.«

Tarnus warf ihr einen kurzen Blick zu. »In Ordnung«,

schnaubte er. »Sanna, setzt Euch dort an den Tisch. Ihr werdet mir zeigen, was Ihr gesehen habt.«
»Wie bitte?«, fragte Sanna irritiert. »Wie soll das gehen?«
»Ich werde mir erlauben, einen Einblick in Euren Geist zu nehmen. Kommt, setzt Euch. Es mag sein, dass Euch ein wenig schwindelig wird.«
Unsicher ließ Sanna sich zu einem der schweren Stühle führen. »Was muss ich denn dabei machen?«
Mit einem beruhigenden Lächeln legte Tarnus ihr seine Hände auf die Schultern. »Gar nichts außer Euch mir zu öffnen. Schließt die Augen, atmet tief ein und entspannt Euch. Und erschreckt nicht, wenn Ihr mich spürt.«
Zweifelnd holte Sanna Luft und atmete langsam aus. Noch bevor sie die Augen ganz geschlossen hatte, bemerkte sie bereits die Anwesenheit ihres Gastgebers in ihrer Seele. Einen Augenblick lang verspürte sie einen starken Trieb, sich dagegen zu sperren, den sie aber entschlossen niederkämpfte.
Von einem Moment zum anderen erlebte sie die letzten zwei Stunden noch einmal. Es war ein wenig, als liefe ein Film in ihrem Geist ab. Sie saß wieder mit den anderen zusammen und aß gebratene Echse. Dann die Verfolgung, der Abstieg in den Brunnen und schließlich Ramius' Ansprache. Sobald sie sich wieder auf dem Heimweg befand, lösten sich die Bilder in nichts auf und die Wirklichkeit kehrte zurück.
Mit einem Keuchen ließ Tarnus sich auf einen Stuhl fallen und starrte einige Sekunden lang ins Nichts.

»Was ist?«, drängte Mides erregt.
Statt einer Antwort reichte sein Vater ihm die Hand. Einige Sekunden lang berührten sie sich. Als sie einander losließen, hatte Tarnus Tränen in den Augen. »Offenbar sah Ramius in der Wiederbelebung dieses verfluchten Kultes die letzte Möglichkeit, die Macht seiner Familie zu sichern«, sagte er mit brüchiger Stimme. »Er hat mich all die Jahre über getäuscht.«
»Und nun will er sich für den Tod seines Sohnes an der Stadt rächen«, bemerkte Phillo.
»Götter«, flüsterte Mides. »Vater, denkst du, dass Cul etwas davon gewusst hat?«
»Vermutlich nicht.« Tarnus' Stimme war nicht anzumerken, ob er tatsächlich daran glaubte oder nur seinen Sohn beruhigen wollte. Trotzdem schien Mides damit zufrieden zu sein.
»Was sollen wir jetzt tun?«
Nach kurzem Zögern straffte Tarnus sich und stand auf. »Sag den Männern, sie sollen sich rüsten – und dass sie sich beeilen sollen. Wir haben einen Krieg zu führen.«

Eine halbe Stunde später waren etwa fünfzig Männer mit Hellebarden und Fackeln bewaffnet im Hof versammelt. Mides hatte ein Kettenhemd übergezogen und besprach sich mit den Offizieren des kleinen Heeres.
Auch Tarnus hatte sich einen Schwertgurt umgeschnallt. »Das ist ein historischer Tag«, erklärte er den Freunden mit einem bitteren Lächeln. »Seit Jahrhunder-

ten ist keine Familie der Stadt mehr offen gegen eine andere ins Feld gezogen. Dass ausgerechnet ich diesen alten Brauch wieder aufleben lassen würde, hätte ich mir im Traum nicht vorstellen können.«

»Werdet Ihr überhaupt mit Ramius fertig?«, fragte Phillo. »Ich meine, wenn er doch jetzt diesen Stab hat.«

»Das wird sich zeigen. Aber wenn es in dieser verdammten Stadt jemand kann, dann wir – Mides, wie steht es?«

»Die Männer sind bereit«, rief Mides zurück.

Der alte Elhaîn schaute sich im hell erleuchteten Hof um. Überall blitzten Klingen im Fackelschein. »Dann los!«, befahl er. »Für die Ehre des Hauses Illecia!«

Der Ruf wurde von den Männern aufgenommen und einen Augenblick später erfüllte das Knallen von schweren Stiefeln auf dem Straßenpflaster die Luft.

SO betrunken und ausgelassen die Menschen in der Stadt auch sein mochten, es gab niemanden, der nicht hastig zur Seite gewichen wäre, als die Männer des Herrn Tarnus vorüberzogen. Aufgeregtes Getuschel zu beiden Seiten begleitete den Trupp, der unter der Führung von Tarnus und Mides durch die Straßen marschierte.

»Hast du die Boten zu den anderen Türmen geschickt?«, fragte der Alte.

Mides nickte. »Sie sind gewarnt. Egal, was passiert, wir sind so gut wie möglich vorbereitet.«

»Warum gehen wir eigentlich nicht zuerst in diese unterirdische Kammer?«, fragte Art interessiert. Er genoss die Aufregung und war sehr gespannt auf den Kampf mit Ramius.

»Weil mein alter Freund mit Sicherheit dabei war, als der Scheiterhaufen seines Sohnes entzündet wurde«, erklärte Tarnus ruhig. »Selbst wenn wir in diesem Raum noch jemanden antreffen würden, wären es höchstens diese Verbrecher, die Ramius um sich geschart hat. Und um die können wir uns auch später kümmern.«

Der Scheiterhaufen an der Spitze des Turmes von Ramius war bereits niedergebrannt, als sie endlich dort ankamen. Ohne weitere Umschweife marschierten sie zum Tor.

»Ich muss mit eurem Herrn sprechen«, erklärte Tarnus den beiden Wachen barsch.
Die Männer starrten die kleine Streitmacht mit großen Augen an. Beide wurden bleich, als sie ahnten, was hier vor sich ging.
»Es tut mir Leid, Herr«, sagte der eine. »Aber wir haben strengen Befehl, niemanden einzulassen – ohne Ausnahmen.«
»Verhaftet die beiden«, sagte Mides knapp. Die zwei Männer leisteten gerade so viel Gegenwehr, um nicht völlig das Gesicht zu verlieren, bevor sie sich ergaben.
Tarnus baute sich vor dem Tor auf und schloss die Augen, doch Mides legte ihm rasch die Hand auf die Schulter. »Lass mich das lieber erledigen«, bat er. »Du wirst deine Kraft noch dringend benötigen.«
Mit einem Nicken machte der alte Elhaîn seinem Sohn Platz, der die Hände aneinander legte und das Kinn auf die Brust sinken ließ. Um seinen Kopf herum leuchtete für einen Herzschlag ein goldener Schimmer auf, während hinter dem schweren Tor ein knirschendes Geräusch ertönte. »In Ordnung«, keuchte er und drückte gegen die Flügel, die widerstandslos aufschwangen.
»Besetzt den Turm, aber hütet euch Ramius selbst entgegenzutreten!«, befahl Tarnus seinen Männern, die unter wildem Geschrei an ihrem Herrn vorbei in das Innere des Gebäudes stürmten. Zwei Bewaffnete begleiteten Tarnus, der mit festen Schritten den Turm betrat, gefolgt von Mides und den vier Freunden. Rings um sie

wurden Männergebrüll und das Klirren von Klingen laut, als sie durch den Innenhof zum wuchtigen Hauptflügel liefen.

»Die Haupthalle ist in unserer Hand, Herr«, meldete einer der Offiziere mit einer blutigen Schnittwunde an der Stirn, als sie das Tor zum Turm erreichten. »Aber wir konnten die Treppe noch nicht nehmen. Im ersten Stock haben sich einige Bogenschützen verschanzt, die schon drei unserer Männer außer Gefecht gesetzt haben.«

»In Ordnung, Siron«, sagte Mides. »Darum kümmern wir uns selbst.«

In der Haupthalle waren Tarnus' Männer damit beschäftigt, das Gefolge von Ramius zu fesseln und dann in einen Nebentrakt zu sperren. Am Boden in einer Ecke lagen fünf Verwundete, die gerade verbunden wurden. Hinter einem großen Torbogen führte eine Treppe nach oben. Auf dem ersten Absatz lagen zwei Männer mit Pfeilen im Leib, die qualvoll stöhnten. Die Bogenschützen waren nicht zu sehen, da die Treppe hinter dem Absatz eine Biegung nach rechts machte.

»Wir kommen nicht an sie heran«, erklärte Siron wütend. »Die feigen Saukerle da oben beschießen jeden, der sich ihnen nähert.«

»Dann werden wir sie da mal herunterholen«, brummelte Mides. »Vater, kannst du mir helfen?«

Die beiden Elhaîn schlossen ihre Augen und atmeten tief ein. Ein paar Sekunden später hörte man von oben erstickte Schreie, die allerdings schnell verstummten. Schließlich kamen vier Männer mit Bögen in den Händen in die Halle herunterstolziert. Ihre Augen waren glasig und ihre Schritte wirkten wie die von Marionetten. Sobald sie zu sehen waren, stürmte ihnen Siron mit einigen anderen entgegen und nahm sie in Gewahrsam.

»Praktisch«, merkte Phillo leise an. »Das nenne ich Überredungskunst.«

Sobald die Bogenschützen ergriffen waren, entließen Mides und Tarnus sie aus ihrem geistigen Griff. Sofort wurden die Blicke der Männer wieder klar und sie stimmten ein furchtbares Gezeter an.

»Verfluchte Hexer!«, brüllte einer. »Dafür werdet Ihr in der Hölle schmoren! Unser Herr wird . . .« Weiter kam er nicht, denn Siron stopfte ihm einen Knebel in den Mund und führte ihn ab.

»Immer wieder dieser Unfug mit der Hexerei!«, schnaubte Mides angewidert. »Dabei kenne ich diesen Kerl sogar. Culius hat ihn recht gern gemocht.«

»Du wärst auch nicht gerade erbaut, wenn man dich auf diese Weise zur Aufgabe zwingen . . .«, begann Tarnus und hielt dann inne. Ein dumpfes Grollen ließ die Mauern des Turmes erbeben.

»Was ist das?«, fragte Jeans misstrauisch. Sie hatte ihre Schwerter gezogen und sah sich angespannt nach möglichen Gegnern um. Sanna lief plötzlich ein Schauer über den Rücken. Ihr war, als hätte sie ein eiskalter Windhauch gestreift.

»Das ist Ramius«, sagte Tarnus und musterte die Decke, als könnte er seinen Freund durch die Gewölbe hindurch sehen. »Wir müssen uns beeilen! Was immer er auch gerade tut, es muss verhindert werden!«
Ohne jedes weitere Wort stürmten die beiden Elhaîn die Treppe empor, gefolgt von den vier Freunden. Das Grollen wurde immer stärker, ließ den Kalk von den Wänden bröckeln und die Öllampen in ihren Halterungen wackeln.
»Verdammt, was stellt der Kerl denn bloß an?«, stieß Jeans hervor. »Soll das ein Erdbeben werden oder was?«
»Da passiert 'ne große Sache«, sagte Sanna. »Ich spüre etwas.«
»Und was soll das sein?«, fragte Art, der trotz seiner kurzen Beine irgendwie am schnellsten vorwärts kam. »Ich spüre gar nichts, bis auf das Gewackel halt.«
»Ich spüre 'ne ganze Menge«, schnaubte Phillo. »Meine Beine zum Beispiel. Verflucht, wie hoch ist denn dieser Scheißturm?«
»Hier ist die Wohnebene«, keuchte Mides, als sie einen breiten Absatz erreichten, von dem eine Türe abging. Mit einem Schrei warf er sich dagegen, doch das Holz hielt dem Aufprall zitternd stand.
»Darf ich mal?«, fragte Phillo und nahm einen kurzen Anlauf. Mides konnte gerade noch rechtzeitig beiseite treten, bevor die Türe unter dem Ansturm des über zwei Meter großen Khoganers wie von einer Dampframme aus dem Rahmen gerissen wurde.

Zwei Männer mit Schwertern starrten entgeistert die riesige schwarze Echse an, die plötzlich vor ihnen auf dem Boden lag. Einen Augenblick später ging Jeans mit sirrenden Schwertern auf die beiden los, und noch bevor sie begriffen hatten, was ihnen geschah, flogen ihnen die Waffen in hohem Bogen aus den Fäusten.

»Los, haut ab!«, befahl Jeans ihnen. Mit entsetzten Gesichtern rannten die Männer die Treppe hinunter.

»Wo ist Ramius?«, fragte Sanna.

»Wir müssen ihn suchen«, brachte Tarnus hervor, der nach dem Aufstieg immer noch um Atem rang. »Irgendwo hier müsste er sein.«

Die Freunde rannten den Gang entlang und rissen die Türen der verschiedenen Räume auf, die aber alle verlassen waren.

»Vater, er ist nicht hier!«, rief Mides schließlich. »Wo könnte er noch sein?«

Mit gerunzelter Stirn sah Tarnus nach oben. »Bei seinem Sohn.«

Die Türe zu der schmalen Treppe schwang im Nachtwind hin und her. Die schwüle Hitze kündigte ein Sommergewitter an. Der Rauch des glühenden Scheiterhaufens erfüllte die Luft, als sie das Dach betraten. Das seltsame Beben war mittlerweile vergangen.

»Da bist du ja, Ramius«, sagte Tarnus ruhig. »Es war nicht leicht, dich zu finden.«

»Es tut mir Leid, mein Freund. Ich war beschäftigt«, erwiderte Ramius mit einem traurigen Lächeln. Er stand in einem schwarzen Umhang neben dem niedergebrannten Scheiterhaufen seines Sohnes. In der Hand hielt er den Stab, der im Mondlicht silbern glitzerte. Sein Gesicht wirkte um Jahrzehnte gealtert und sein blondes Haar war eisig grau geworden. »Und nun bin ich furchtbar erschöpft.«

»Das ist kein Wunder«, bemerkte Tarnus. »Dieser Stab ist ein Werkzeug der schwarzen Magie. Wer es verwendet, um einen Zauber zu wirken, muss es mit Lebensenergie füttern.«

»Ja, dessen war ich mir bewusst. Aber in diesem Fall war es nötig.«

»Was hast du getan, Ramius?« Tarnus' Stimme war voll tiefer Trauer. »Wie willst du dich rächen für dein Unglück?«

»Du glaubst doch nicht im Ernst, dass hier Unglück im Spiel war?«, schrie Ramius in plötzlichem Zorn. Ein heftiger Windstoß ließ den Scheiterhaufen aufglühen und wehte eine Funkenwolke über das Dach. »Du hast es doch gesehen! Das war kein Unfall, das war ein Attentat!«

Tarnus schüttelte langsam den Kopf. »Das Pferd ist einfach gestolpert, auch wenn du es nicht wahrhaben willst. Es war ein Unglück. So etwas passiert nun einmal, besonders bei der *Corridora*. Das haben wir doch schon oft erlebt.«

»Na, dann werden wir ja sehen, wie die *Corridora* dieses Mal wirklich ausgeht«, lachte Ramius, stieg auf die Brüs-

tung und sah auf die Straße hinunter. Ein grimmiges Lächeln stand auf seinem Greisengesicht. »Keine Schauspiele mehr.«
Von der Straße tönten entsetzte Schreie und ein unmenschliches Gebrüll empor. Mides stürzte an den Rand des Daches, sah hinunter und erstarrte. Auf seinem Gesicht stand namenloses Grauen, als er seinen Vater anblickte. Die Freunde zögerten kurz, bevor sie auch hinuntersahen.
»Um Gottes willen!«, ächzte Sanna.
Es schien, als spuckte die Erde ihre bösesten Kreaturen aus, um die Stadt mit ihnen zu überfluten. Aus allen Kellerfenstern, allen Kanalöffnungen krochen schwarze zottelige Gestalten. Die affenartigen Wesen fielen unter Grauen erregendem Gebrüll über die Menschen in den Straßen her, die schreiend in die Häuser flüchteten. Von einer Sekunde auf die andere war der fröhliche Lärm des Festes übergegangen in Hilferufe und Todesschreie, die sich mit dem fernen Grollen des Gewitters mischten.
»Seit wann hast du dir die Gabe angeeignet?«, fragte Tarnus, während er langsam zur Brüstung schritt, um ebenfalls hinunterzusehen. »Ich hatte nie auch nur den leisesten Verdacht, dass du solche Macht besitzt.«
»Verzeih mir, alter Freund, aber ihr Elhaîn kommt doch gar nicht auf die Idee, jemand außer euch könnte über die Gabe verfügen«, spottete Ramius. »In unserer Familie wurde dieses Wissen seit jeher im Geheimen weiter-

gegeben. Es war das Einzige, was es uns ermöglichte, in dieser stinkenden Stadt am Leben zu bleiben.«

»Und dieser Unfug mit Yurvin? Ist das auch eine Tradition deiner Familie?«

Ramius zuckte die Schultern. »Das weiß ich nicht genau. Irgendwelche Vorväter von mir müssen diesen Gott des Chaos einst angebetet haben. Sie haben einen Tempel unter dem Turm errichtet.«

»Dacht ich's mir doch«, krähte Art zufrieden. »Ich hätte schwören können, dass diese Kammer fast direkt unter dem Turm hier ist.«

»Und woher wusstest du das?«, fragte Jeans überrascht.

Art zuckte die Achseln. »Keine Ahnung. War so ein Gefühl.«

»Du weißt schon, das hängt mit seiner Gestalt zusammen«, warf Sanna ein und Jeans nickte, als sie sich an Arts erstaunlichen Orientierungssinn erinnerte.

»Hättest aber auch was sagen können«, schnaubte Phillo. Art zuckte nur die Schultern.

Tarnus schnaubte. »Und warum hast du diesen verdammten Kult wieder ins Leben gerufen? Reichte dir deine Macht noch nicht?«

»Yurvin erschien mir als recht geeignetes Mittel, mir ein paar Verbündete zu schaffen«, meinte Ramius gleichgültig. »Es war nicht besonders schwer, einige Schwächlinge zu finden, die sich von der Sache genug erhoffen, um mir blind zu folgen. Neid und Hass können mächtige Bündnisse schmieden.«

»Gibt es überhaupt jemanden, den du nicht getäuscht hast, alter Freund?«, murmelte Tarnus und beugte sich über die Brüstung. Er stieß ein Keuchen aus, als auch er sah, was sich unter ihnen abspielte. »Das also ist deine Rache«, flüsterte er angewidert. »Du hast den Bann aufgehoben, der diese Bestien die letzten fünfhundert Jahre tief unter der Stadt in die Erde sperrte.«

»Fällt dir ein schönerer Weg ein, für Gerechtigkeit zu sorgen? Mein Sohn wurde getötet, weil er an dieser unsinnigen Gedenkfeier teilgenommen hat. Jetzt werden wir sehen, wie viele Söhne anderer Häuser sterben müssen, um die Stadt erneut zu retten!«

»Verdammt, Cul ist durch einen Unfall umgekommen!«, brüllte Mides in plötzlicher Wut und machte ein paar Schritte auf Ramius zu. »Was soll dieses Gerede von Gerechtigkeit? Du willst nur Unheil über die anderen bringen, weil du dein Schicksal nicht ertragen kannst!« Er deutete auf den niedergebrannten Scheiterhaufen. »Denkst du etwa, ich habe mir gewünscht, dass mein bester Freund stirbt? Oder dass dein Sohn sich eine solche Rache wünschen würde?«

»Bitte komm nicht näher, Mides. Ich will dich nicht verletzen.«

Der junge Elhaîn stieß ein heiseres Lachen aus und ging weiter. »Und weswegen hast du dann diesen Fluch über die Stadt gerufen, du Bastard?«

Als er noch etwa fünf Schritte von Ramius entfernt war, hob der die rechte Hand und ballte sie zur Faust. Der

Stab glühte einen Moment lang grünlich auf und Mides wurde von unsichtbaren Kräften rückwärts durch die Luft geschleudert. Mit einem erstickten Schrei prallte er hart auf dem Boden auf und blieb keuchend liegen.

»Mides!«, schrie Tarnus und stürzte zu seinem Sohn hin, der sich wieder aufrappelte. »Geht es dir gut?«

»Ich bin in Ordnung«, versicherte der und rieb sich die Schulter. »Zur Hölle, Ramius, das wirst du mir büßen!«

»Es ist an der Zeit, meine Freunde«, sagte Ramius schulterzuckend. »Ich muss nun gehen. Lebt wohl!« Damit machte er ein paar Schritte rückwärts und ließ sich einfach über die Brüstung in die Tiefe fallen.

»Tötet ihn!«, brüllte Tarnus plötzlich, doch zu spät, als dass noch irgendjemand reagieren konnte.

»Verflucht!«, schrie Phillo und sprang los, gerade noch rechtzeitig, um zu sehen, wie Ramius sich im Fallen wieder in den Raben verwandelte und in Richtung Hafen flog.

»Vater, wir müssen ihn aufhalten!«, brüllte Mides, doch Tarnus schüttelte den Kopf.

»Das hat keinen Sinn, mein Sohn«, sagte er erschöpft. »Während wir uns unterhalten haben, habe ich ihn mit aller Kraft angegriffen. Er hat es nicht einmal bemerkt. Der Stab saugt jede geistige Energie auf, die gegen seinen Träger gerichtet wird. Wir können ihm nichts anhaben.«

»Und was tun wir jetzt?«, fragte Sanna, entsetzt über den mutlosen Ton des alten Elhaîn.

»Wir werden kämpfen müssen.«

»Das geht nicht gut«, flüsterte Jeans und sah gebannt auf die Straße hinab. Als sie die vielen leblosen Körper auf dem Pflaster liegen sah, wandte sie sich wieder ab. »Da unten sind hunderte dieser Monster.«

»Haben wir überhaupt eine Chance?«, fragte Phillo stirnrunzelnd.

»Ohne den Stab?«, erwiderte Tarnus erschöpft und setzte sich auf den Boden. »Wer weiß? Die Hoffnung stirbt als Letztes, wie man sagt.«

»Warum holen wir uns nicht diesen doofen Knüppel zurück?«, fragte Art verwundert, der immer noch Ramius nachblickte. »Ich meine, unser Freund fliegt doch zum Hafen. Und so, wie der in der Luft wackelt, glaube ich nicht, dass er noch viel weiter kommt.«

»Ich will verdammt sein, Ihr habt Recht!«, rief Tarnus. »Er ist entsetzlich erschöpft. Besonders weit kann er in seiner Rabengestalt sicherlich nicht fliegen.«

»Was stehen wir noch herum?«, fragte Jeans und schob ihre Schwerter in die Scheiden. »Auf zum Hafen!«

»Den Göttern sei Dank, dass wir die anderen Häuser gewarnt haben«, schnaufte Tarnus, während sie die Treppen nach unten stürmten. »Wenigstens sollten alle Männer unter Waffen sein, die noch einen Knüppel halten können. Das könnte vorerst das Schlimmste verhindern.«

»Wie wurden denn damals diese Biester vertrieben?«, fragte Art. Seine schwarzen Affenaugen glühten vor Begeisterung über das bevorstehende Abenteuer.

»Ehrlich gesagt, ich habe keine Ahnung«, war die Antwort. »Aber so recht kann ich nicht an die Geschichte von den jungen Kriegern glauben.«
»Das wäre auch zu einfach gewesen«, brummte Jeans.
Siron kam ihnen entgegengestürzt, das Schwert in der Hand. »Herr!«, rief er und wischte sich den Schweiß von der Stirn. »Da unten – sie sind überall –, ich weiß nicht, was das für Monster . . .«
»Es ist in Ordnung, wir wissen schon Bescheid, Siron«, sagte Mides und rannte an dem verwirrten Mann vorbei. »Komm mit, wir brauchen eine Eskorte. Wie viele von unseren Männern sind hier im Haus?«
»Ich glaube, vier oder fünf sind von diesen Bestien getötet worden. Sie standen auf der Straße. Etwa vierzig sind noch verfügbar.«
»Das wird reichen müssen, um uns bis zum Hafen durchzuschlagen.«
Siron wurde bleich. »Herr, wenn wir die Türen öffnen, sind wir verloren. Wir konnten uns gerade noch verbarrikadieren. Diese Monster sind unbesiegbar!«
»Niemand ist unbesiegbar!«, schnaubte Mides.
»Ich gebe gern mein Leben für Euch, Herr«, beteuerte der Offizier. »Aber sobald Ihr das Haus verlasst, seid Ihr verloren, und wenn Ihr eine Kohorte schwerer Reiter bei Euch hättet. Bis zum Hafen kommt Ihr in keinem Fall.«
»Siron, unsere einzige Rettung ist am Hafen«, erklärte Tarnus ungeduldig. »Und wenn wir uns jetzt nicht beei-

len, ist auch die dahin. Wir müssen es einfach versuchen, ob es nun . . .«

»Moment mal«, unterbrach Art ihn. »Warum nehmen wir nicht den Tunnel?«

Irritiert hielt Mides inne. »Von welchem Tunnel sprecht Ihr?«

»Na, der in dieser Kammer, vom Brunnen.«

Jeans schnippte mit dem Finger. »Verdammt, Art hat Recht! Ramius hat doch gesagt, dass seine Vorfahren diesen Tempel unter dem Turm gebaut hätten. Der Tunnel führt fast bis zum Hafen!«

»Das heißt, wir müssen den Eingang zu der Kammer hier im Turm finden«, folgerte Sanna.

»Das dauert doch viel zu lange«, grollte Phillo. »Wir werden Wochen suchen müssen, ohne den Eingang zum Tempel zu finden.«

Tarnus dachte einen Moment lang nach. »Einen Versuch ist es wert«, beschloss er dann. »Siron, alle verfügbaren Männer sollen in den Kellern nach einem verborgenen Ausgang suchen. Und verhört auf alle Fälle die Gefangenen. Vielleicht kann uns einer von ihnen helfen. Erinnert sie daran, dass unser aller Leben davon abhängt – ihres im Besonderen.«

Mides zog eine Grimasse. »Vater, und wenn wir den Eingang nicht finden? Dann ist Ramius über alle Berge, bis wir uns auf den Weg machen können.«

»Du weißt, dass wir uns nicht durch die ganze Stadt durchschlagen können«, sagte Tarnus müde. »Ich bin uns im Moment keine große Hilfe, dazu bin ich zu erschöpft. Und deine Kraft reicht sicherlich auch nicht ganz aus. Jetzt ist nicht die Zeit für Mut, sondern für Klugheit.«

»Schließt sich das aus?«, fragte Phillo leise.

Jeans grinste. »Sieht man doch an dir. Na kommt, jetzt schauen wir mal in den Keller.« Sie sah sich um. »Wo ist der denn überhaupt?«

»Also gut«, sagte Mides. »Kommt mit, dahinten geht es nach unten.«

Die Freunde stürmten hinter ihm her, um sich die Keller des Turmes anzusehen. Ein paar Meter weit rannte Art hinter ihnen her, doch an einer halb offenen Türe blieb er neugierig stehen. Es war die Küche, wie er feststellte. Interessiert wanderte er durch den gewaltigen Raum, bestaunte die großen Kupfertöpfe und Pfannen, die an den Wänden hingen, und nahm im Vorbeigehen eine duftende Wurst von einem Schneidebrett.

»Das hat keinen Sinn«, stellte Phillo einige Minuten später frustriert fest. »Wir haben jetzt jeden blöden Winkel genau untersucht. Wir finden diesen verdammten Gang nie im Leben!«

»Ihr habt Recht«, stimmte Tarnus zu. »Und ich spüre nicht das Geringste, was darauf hindeuten könnte, dass irgendwo etwas mit magischen Mitteln verborgen ist. Wir werden kämpfen müssen.«

Mides nickte. »In Ordnung. Siron, bereite die Männer auf einen Ausfall vor.«

»Ich hab ihn gefunden, den Eingang!«, plärrte Art begeistert durch die Türe. »In der Küche!«
Ohne zu zögern, stürmten alle nach oben und rannten Art hinterher. Er führte sie quer durch die Küche bis zu einem tiefen Erker, in dem sich ein Brunnen befand, in den Art sofort hinunterstieg.
»Schaut mal, da sind dieselben Kletterssprossen wie in dem anderen Brunnen!«, erklärte er stolz. »Und unten ist auch ein Gang. Ich bin bis zu der Geheimtür gekommen, dann war Schluss. Wie das Ding aufgeht, habe ich noch nicht herausgefunden, weil es so dunkel war.«
»Auf die Idee, erst einmal zu warten, bist du nicht gekommen, nehme ich an«, schnaubte Jeans.
»Ich wollte nur sichergehen, dass ich keinen Mist erzähle«, verteidigte Art sich beleidigt.
Er wollte noch etwas hinzufügen, doch ein ohrenbetäubender Donner unterbrach ihn. Dumpfes Röhren und Kampfschreie folgten. Mit geweiteten Augen starrten alle zur Türe, als einer der Männer auftauchte, ein blutiges Schwert in der Hand. »Alarm!«, brüllte er. »Die Monster haben das Tor aufgebrochen!«
»Mides, du hältst uns den Rücken frei!«, befahl Tarnus kurz entschlossen. »Hol die anderen, dann zieht euch in die Küche zurück, verrammelt die Türe und wartet. Ich gehe mit unseren Freunden zum Hafen.«
Einen Augenblick lang sah es so aus, als wollte der junge Elhaîn seinem Vater widersprechen, doch dann nickte er. »Viel Glück!«, sagte er. »Und gebt auf Euch Acht!«

»Werden wir!«, hallte Arts fröhliche Stimme aus dem Brunnen heraus, während Mides seine Männer aus der Küche führte. »Ihr müsst Euch um Euren Vater bestimmt keine Sorgen machen, weil Phillo und Jeans . . .«
»Jetzt steigt schon weiter, ich bitte Euch«, unterbrach Tarnus ihn verzweifelt. »Für so etwas haben wir wirklich keine Zeit.«
»Wenigstens ist dieser Gang etwas geräumiger«, bemerkte Phillo erleichtert und half Tarnus in die Höhlung neben den Steigrillen. »Ich habe jetzt schon Angst vor dem Herumgekrieche nachher.«
Tarnus nickte ihm dankbar zu und ließ eine blaue Lichtkugel in seiner rechten Hand erscheinen, die den Tunnel hell erleuchtete. »Besser ein wenig Gekrieche als sich von diesen Monstern fressen zu lassen.«
»Und wir werden nicht nass«, bemerkte Jeans ehrlich erleichtert, als ein heftiger Donnerschlag über ihnen die Erde erzittern ließ. Jeans konnte Regen einfach nicht ausstehen.
Nach etwa zwanzig Schritten hatten sie die Geheimtüre erreicht. Auf Augenhöhe war ein matt glänzender schwarzer Stein eingelassen. Jeans drückte darauf und die Türe glitt knirschend zur Seite.
»Woher wusstet Ihr von dem Mechanismus?«, fragte Tarnus erstaunt und Jeans grinste. »Das hat mir Indiana-Jones verraten.«
Die Feuerbecken im Tempel waren erloschen, doch dank der Lichtkugel fanden sie sofort die Öffnung des

zweiten Tunnels. Einige Minuten später hatten sie den Brunnen beim Hafen erreicht. Heftiger Regen prasselte vor ihnen in den Schacht.

»In Ordnung«, sagte Phillo. »Jeans, du kletterst nach mir hoch. Sanna, Art, ihr bleibt hier, bis wir euch rufen. Und passt beim Klettern auf, jetzt ist hier alles nass.«

Oben angekommen, spähte Phillo vorsichtig über den Brunnenrand und sah sich um. Selbst durch den Regen drangen noch Kampflärm und Todesschreie. Im Hof selbst war allerdings keines der Monster zu sehen. Rasch stieg er aus dem Brunnen und winkte Jeans, ihm zu folgen. Sobald sie neben ihm stand, zog sie ihre Schwerter und rief die anderen.

»Bis hierher scheint die Sache ja gut zu gehen«, sagte sie, während hinter ihnen die anderen nachkamen. »Und jetzt müssten wir noch jemanden finden, der uns sagt, wo Ramius ist.«

Tarnus trat hinter sie. »Ich werde mein Bestes geben«, sagte er. »Sanna, kommt her, ich brauche Eure Hilfe. Stellt Euch nur hierher und öffnet Euch. Ich brauche ein wenig Eurer Kraft.« Er legte seine Hände auf Sannas Schultern, ließ den Kopf auf die Brust sinken und schloss die Augen. Seine Lider flatterten ein paar Sekunden lang, dann sah er wieder hoch. »Ich fürchte, wir sind zu spät. Er hat die Stadt bereits verlassen.«

»Er ist auf einem Schiff, oder?«, fragte Sanna und wischte sich das nasse Haar aus dem Gesicht. Sie bemühte sich noch die undeutlichen Bilder in ihrem Kopf zu entwirren, die während Tarnus' Suche auf sie übergeflossen waren. »Das habe ich zumindest gesehen.«

»Völlig richtig!«, rief Tarnus erstaunt. »Dass Ihr das auch gesehen habt, wundert mich allerdings.«

»Dann müssen wir uns ein eigenes Schiff besorgen«, sagte Jeans entschlossen und lief leise auf den Durchgang zur Straße zu, dicht gefolgt von Phillo. Bis auf seine gelb glühenden Augen war in der Dunkelheit nichts von ihm zu sehen.

»Verfolgungsjagden bei Gewitter müsste man verbieten«, maulte Art und zerrte sich im Laufen sein Hemd vom Leib. Sein Fell bot ihm einen recht guten Schutz vor Nässe, solange es nicht unter Stoff platt gedrückt wurde.

»Wir müssen dicht zusammenbleiben«, mahnte Tarnus die Freunde. »Ich kann uns ein wenig Schutz vor Entdeckung bieten, solange wir uns nicht zu weit voneinander entfernen. Bitte greift keines der Monster an, solange Ihr Euch nicht sicher seid, dass es Euch bemerkt hat.«

Jeans wischte sich den Regen aus dem Gesicht. »Braucht Ihr Eure Kraft nicht für später?«

»Ich möchte erst einmal dafür sorgen, dass es überhaupt ein Später gibt«, war die Antwort. »Sanna, ich werde dabei erneut auf Eure Kraft zurückgreifen, wenn Ihr erlaubt.«

Eng aneinander gedrängt, schlüpften sie aus dem Durchgang auf die Straße. Etwa zwanzig Meter von ihnen entfernt, saßen zwei Monster und taten sich an einem Leichnam gütlich. Eines von ihnen hob kurz den Kopf, schnupperte misstrauisch in ihre Richtung, widmete sich dann aber wieder seinem Opfer.

»Es klappt«, flüsterte Sanna und wandte sich schaudernd von dem grausigen Anblick ab. Tarnus hatte seine Hände auf ihre Schultern gelegt und sie spürte undeutlich, wie ihre Energien langsam in ihn überflossen.

»Art, verdammt, bleib bloß da!«

»Ich mach doch gar nichts!«, flüsterte Art wütend zurück. »Bin nur gestolpert.«

»Seid leise, verflucht noch mal!«, grollte Phillo. »Da vorne sind noch mehr von den Biestern!«

»Und dahinten brennt irgendwas«, meldete Jeans. »Ich glaube, das ist ein Schiff.«

Je näher sie dem Hafen kamen, desto lauter wurde der Kampfeslärm. Sobald sie an einer weiteren Gruppe fressender Bestien vorübergeschlichen waren, sahen die Freunde, dass auf den meisten der Schiffe an den Kais die Matrosen in hitzige Schlachten mit den schwarzen Biestern verstrickt waren. Ein gewaltiger Frachter brannte lichterloh und erleuchtete mit seinem Feuer den gesamten Hafen. Hunderte von toten Seemännern und Soldaten lagen auf dem nassen Pflaster, nur hier und da war auch ein erschlagenes Monster zu sehen. In den Masten der größeren Schiffe saßen Männer und schossen mit Pfeilen auf die Bestien unter ihnen. Zwei Schiffe hatten versucht in größter Panik abzusegeln, waren inmitten des Hafenbeckens zusammengestoßen und schwankten nun mit schwerer Schlagseite in dem vom Gewitter aufgewühlten Wasser. Die Blitze, die unablässig über den Himmel zuckten, tauchten die alptraumhafte Szenerie immer wieder in blendendes Weiß.

»Ach du Scheiße!«, flüsterte Jeans entgeistert. »Das kann Ramius doch nicht gewollt haben!«

Tarnus stützte sich einen Augenblick lang schwer auf Sannas Schultern und stöhnte leise, während Sanna plötzlich Ramius' Gesicht vor sich sah. Seine Augen brannten voller Hass, während er auf die sterbende Stadt zurückblickte. Er stand auf dem Achterdeck eines kleinen Schiffes, das sich jenseits der Hafenmauern durch die Wogen der Bucht kämpfte.

»Ramius hat die Stadt schon verlassen«, sagte Sanna und schlang ihren Arm um den völlig erschöpften Tarnus, um ihn zu halten.

»Er darf das offene Meer nicht erreichen«, keuchte der alte Elhaîn. »Wir brauchen ein schnelles Schiff!«

»Dort drüben!«, rief Art und deutete mit dem Finger auf die schlanke Silhouette eines ihnen wohl bekannten Frachters. »Das ist die *Seekatze!*«

Phillos Blick fiel auf vier der affenartigen Monster, die sie aus etwa hundert Schritt Entfernung anstarrten. Einen Augenblick lang stutzten sie, bevor sie sich in Bewegung setzten. »Die Viecher haben uns gesehen!«, schnaufte er. »Los, macht schon!«

»Tarnus kann nicht mehr!«, schrie Sanna.

»Ich nehme ihn!« Mit einem kräftigen Schwung warf Phillo sich den benommenen Mann über die Schulter und rannte los. Bestimmt zum tausendsten Mal dankte er dem Schicksal dafür, dass er als Khoganer stark genug für solche Kraftakte war. Obwohl seine Rippe unerträglich schmerzte und trotz seiner Last, war er immer noch so schnell wie Sanna und Art. Lediglich Jeans hatte einen kleinen Vorsprung, als sie die *Seekatze* erreichte. Schon von weitem hörte sie durch den Regen Sikys Stimme Befehle brüllen. Offenbar waren einige der Monster auch auf dieses Schiff gelangt. Das Fallreep lag schief auf dem Kai. Die Männer hatten es wohl nicht mehr rechtzeitig einholen können, wofür ihnen Jeans insgeheim zutiefst dankbar war. Sie zerrte so lange an dem tonnenschweren Ding herum, bis man es wieder besteigen konnte, und wartete dann auf die anderen. Als sie ankamen, hatten die Monster ein gutes Stück aufgeholt, es trennten sie kaum noch dreißig Meter von ihrer Beute.

»Na los, rauf da!«, schrie Jeans ihren Freunden entgegen, die ohne Zögern das Fallreep hinaufrannten. Jeans folgte ihnen auf dem Fuß und hieb oben mit zwei Streichen die Seile durch, mit denen das Fallreep an der Reling befestigt war. Ächzend hob Phillo das Ding ein Stück hoch und gab ihm einen kräftigen Stoß. Es krachte auf den Kai herunter, wobei es eines der Monster unter sich begrub, die in diesem Augenblick brüllend gegen die Bordwand sprangen. Einen Augenblick noch warte-

te Jeans, bis sie sicher war, dass die Bestien nicht mehr an Bord konnten, bevor sie sich umsah.
An Deck bildeten Fässer, umgestürzte Kisten und ein herabgerissenes Seil ein unübersichtliches Durcheinander. Im Schein eines Blitzes sahen die Freunde, dass sich die Mannschaft auf dem Achterdeck verschanzt hatte. Zwei der Monster versuchten knurrend die Leiter hinaufzugelangen und nahmen immer wieder von neuem Anlauf. Siky schwang einen langen Enterhaken und wehrte mit wütenden Schreien die Angriffe ab. Ihre Männer hatten sich mit Marlspiekern und Stöcken bewaffnet, die jedoch kaum etwas ausrichten konnten.
Erst nach einigen Augenblicken bemerkten die Monster, dass eine neue Beute in Reichweite war. Ohne Zögern stürzten sie sich auf die Freunde. Ruhig wartete Jeans, bis das eine der grauenvollen Wesen in Reichweite ihrer schwarzen Klingen war, bevor sie ihm mit einer Drehung erst am Vorderbein eine schwere Wunde schlug und dann das andere Schwert tief in seinen Nacken trieb. Wie vom Blitz getroffen stürzte die Bestie zu Boden und war tot, noch bevor Jeans ihre Klingen aus seinem Leib gezogen hatte. Das zweite Monster erlitt ein deutlich gnädigeres Los. Es stürzte sich auf Phillo, der ohne viel Federlesens zugriff, seine Klauen um den dicken Hals legte und es wieder fortschleuderte. Bevor es begriff, wie ihm geschah, flog das Tier über Bord und landete hart auf dem Kai.
»Hi, Siky!«, rief Art und kletterte die Leiter empor. »Ihr

müsst sofort die Segel setzen! Ramius versucht gerade abzuhauen!«

Die Schifferin starrte den kleinen Affen eine Weile nur entgeistert an. Erst, als auch Jeans und Phillo sie begrüßten, löste sie sich aus ihrer Erstarrung. »Die Götter haben Euch gesandt!«, rief sie. »Ich dachte schon, wir würden von diesen Monstern gefressen werden.«

»Das wird auch noch passieren, wenn Ihr Eure Männer nicht sofort die Segel setzen lasst!«, schrie Jeans gegen den peitschenden Regen an. »Wir müssen sofort auslaufen!«

»Bei dem Wetter?«, brüllte Siky zurück. »Seid Ihr wahnsinnig? Diese Viecher kommen doch jetzt nicht mehr an Bord! Wir können warten, bis der Sturm sich gelegt hat.«

»Ihr versteht mich offenbar nicht!«, donnerte Phillo. »Dort draußen flieht gerade der Mann, der uns die Biester auf den Hals gehetzt hat. Und wenn wir ihn nicht sofort aufhalten, werden alle Bewohner von Shalaan getötet werden!«

Einen Augenblick lang starrte die Schifferin ihre Retter unbewegt an. Dann wandte sie sich ihren Männern zu, die immer noch zusammengedrängt hinter ihr standen und ihre Waffen umklammerten. »Los, wir brechen auf, ihr feigen Hunde! Leinen los! Ich will, dass dieser ganze Mist da unten über Bord geht, und dann wird jeder verfluchte Fetzen gesetzt, den ihr noch auf diesem vermoderten Kahn findet! Macht schon, verdammt noch mal!«

WIE geht es ihm?«, fragte Jeans besorgt. »Ist er okay?«

»Soweit ich sehen kann, ist er ohnmächtig, aber sonst in Ordnung«, sagte Sanna schwach. Sie saß neben Tarnus im Schutz des Großmastes und hielt seinen Kopf auf dem Schoß. Um sie herum waren Phillo und einige der Seemänner damit beschäftigt, das Gerümpel auf Deck über Bord zu werfen. Über ihnen turnten Art und der Rest der Mannschaft in der Takelage herum und versuchten verzweifelt die Segel zu setzen. Der Wind war so stark, dass sie Gefahr liefen, einfach heruntergeweht zu werden. Einige Minuten später straffte sich das Großsegel mit einem Knall und die *Seekatze* machte einen Satz nach vorne.

Siky stand selbst am Ruder und stemmte sich mit aller Kraft dagegen, um nicht die zwei havarierten Schiffe zu rammen, die direkt vor der Hafeneinfahrt in den Wellen rollten. Hilferufe schallten von den Wracks zu ihnen herüber, doch um die armen Leute konnten sie sich in diesem Augenblick nicht kümmern.

»So, das wäre geschafft!«, sagte Phillo, als endlich der ganze Sperrmüll – die Spuren des Kampfes mit den Monstern – hinter der *Seekatze* im Wasser trieb und das Deck wieder frei begehbar war. Erschöpft kniete er sich

neben Sanna hin und befühlte seine schmerzende Rippe.
»Ich hoffe nur, das Schiff hält das Gewitter aus«, meinte Sanna. Sie lehnte am Mast und konnte spüren, wie das Holz unter der Gewalt des Windes ächzte.
»Zumindest scheint Siky sich keine Sorgen zu machen«, bemerkte Jeans. Die Schifferin hatte alle Segel setzen lassen und nun flog der schlanke Frachter geradezu über die turmhohen Wellen dahin. Alle an Deck mussten sich gut festhalten, um nicht über die glitschigen Planken geschleudert zu werden.
»Ist das geil!«, schrie Art begeistert, als er aus der Takelage zurückgekehrt war. »Ihr müsst mal da raufklettern, das ist wie in der Achterbahn, nur besser! Du fliegst hin und her und der Regen – Wahnsinn!«
»Nein danke!«, schrie Phillo zurück. »Hast du das Schiff von Ramius gesehen?«
»Hab gar nicht gekuckt«, gab Art zu. »Moment, ich schau mal nach.« Im nächsten Augenblick hangelte er sich wieder nach oben und verschwand in der Finsternis über dem Schiff.
»Wie wollen wir Ramius eigentlich den Stab abnehmen?«, fragte Jeans mit einem besorgten Blick auf den ohnmächtigen Tarnus. »Sanna wird doch mit dem Kerl alleine nicht fertig. Sie ist ja selber völlig kaputt.«
»Ich habe keine Ahnung«, gab Phillo zu. »Sanna, kannst du Tarnus aufwecken? Wenn wir das andere Schiff erreichen, brauchen wir ihn.«

»Keine Chance«, sagte Sanna schwach. »Versuche ich schon die ganze Zeit, aber er ist total weggetreten. Bis jetzt hoffe ich einfach, dass er noch rechtzeitig aufwacht.«

»Scheiße!«, murmelte Phillo, stand unsicher auf und kämpfte sich zum Achterdeck vor. Siky stand an der Reling und starrte in die sturmgepeitschte Dunkelheit hinaus. »Wie sieht's aus?«, fragte er die Schifferin.

»Ich sehe den verdammen Kahn nur, wenn es blitzt«, schrie Siky zurück. »Wir kommen immer näher, aber ich kann nur raten, wo er jetzt gerade ist. In ein paar Minuten werden wir aufgeholt haben. Bis aufs offene Meer schafft er es in keinem Fall mehr. Aber was wollt Ihr dann tun?«

»Entern können wir bei dem Seegang nicht, nehme ich an?«

Die Schifferin lachte grimmig. »Seid Ihr bei Trost? Ich bin froh, wenn ich auf fünfzig Schritt herankomme, bevor ich ihn wieder verliere. Das Beste wäre, ihn einfach zu verfolgen, bis das Unwetter nachlässt und es etwas heller wird. Dann bekommt Ihr den Pott geschuppt und ausgenommen.«

»Das dauert zu lange. Wir können diese Monster nur aufhalten, wenn wir den Mann haben. Ihr müsst einfach versuchen so nahe wie möglich heranzukommen!«

»Dann haltet Euch bereit! Wir sollten ihn gleich haben. Wenn Ihr vorhabt zu springen, solltet Ihr aber wenigstens eine Sicherungsleine anlegen, damit wir Euch

nachher herausfischen können. Gebt am besten Jor da unten Bescheid. Er wird sich darum kümmern.«
Phillo nickte stumm und verließ das Achterdeck. Unten sagte er dem Mann namens Jor, was er vorhatte. Mit einem ungläubigen Kopfschütteln machte Jor sich daran, eine Sicherungsleine vorzubereiten, während Phillo zu den Mädchen zurückkehrte. Sanna schüttelte nur den Kopf, als er sie fragend ansah und auf Tarnus deutete.
»Siky versucht uns längsseits zu bringen«, brüllte er Jeans ins Ohr. »Ich werde rüberspringen. Kannst du Jor mit der Leine helfen? Ich möchte nicht . . .«
Ein gewaltiger Blitz tauchte das Schiff für ein paar Sekunden in gleißendes Licht und mehrere Männer schrien entsetzt auf. Sie fuhren herum und sahen die Masten des anderen Schiffes direkt vor ihrem Bug aufragen.
»Verdammt!«, brüllte Jeans und sprang auf. Die *Seekatze* wurde von einem haushohen Brecher emporgehoben. Im nächsten Moment senkte sich ihr Bug wie der zuschnappende Kiefer eines Seemonsters auf das kleinere Schiff herab. Das Splittern des Rumpfes übertönte für eine Weile selbst den Sturm.
Wortlos hetzte Phillo nach Steuerbord und starrte auf die Reste des Schiffes herab. Unter ihm versank gerade die Achterhälfte im brodelnden Wasser. Immer wieder brachen Wellen über dem Wrack zusammen. Als erneut ein Blitz über den Himmel zuckte, sah er einen hageren

Mann, der sich verzweifelt an das Steuerruder klammerte. Die schwarze Kutte klebte ihm am Körper. Mit wild rollenden Augen starrte er entsetzt um sich, während er zu verstehen versuchte, was gerade geschehen war. Trotz seiner Panik war seine Linke fest um den silbern leuchtenden Stab geschlossen.

»Ramius!«, brüllte Jeans neben Phillo, bevor sie mit einem gewaltigen Satz über Bord sprang. Ohne auch nur eine Sekunde zu zögern, folgte Phillo seiner Freundin. Mit einem harten Aufprall landeten sie zu beiden Seiten des alten Mannes auf dem wild schwankenden Deck. Noch im Fall hatte Phillo einen Zipfel von Ramius' Kutte erwischt und riss ihn mit sich herum, während Jeans hastig nach dem Stab griff. Ihre Hände schlossen sich um das kalte Silber, dann schlug ihr Kopf gegen die Reling. Ihre Beine wurden plötzlich weich. Benommen rutschte sie über die Planken und eine Sekunde später schlugen die Wellen über ihr zusammen.

»Ihr werdet nichts mehr tun können!«, kreischte Ramius, als Phillo sich hustend aufrichtete und ihn am Kragen aus dem hüfthohen Wasser zerrte. »Die Stadt ist verloren!«

»Du auch!«, brüllte Phillo zurück, bevor er ihn über den Kopf hob und weit hinaus in die tosende See schleuderte.

Hoch über ihnen saß Art im Großmast und beobachtete im Schein der Blitze das Geschehen auf dem sinkenden Achterdeck. Siky schrie ihre Männer an die Segel zu reffen und Phillo und Jeans Leinen zuzuwerfen, aber schon jetzt war die *Seekatze* an dem Wrack zu weit vorbeigeglitten, um sie noch retten zu können. Besorgt sah Art, wie Phillo ins Wasser hechtete und einige Meter vom Wrack entfernt wieder auftauchte. Sein einer Arm hielt Jeans' Kopf umklammert, mit dem anderen versuchte er verzweifelt, ein Brett oder etwas anderes zu erreichen, das sie über Wasser halten konnte.

Art war klar, dass er rasch etwas tun musste. Sein Blick fiel auf die zahlreichen Seile, die von den Winden an Deck bis zu ihm hinaufgespannt waren. Ohne weiter nachzudenken, zog er sein kleines Messer aus dem Gürtel und schnitt eines von ihnen durch. Eine Rah sauste ein paar Meter in die Tiefe und blieb dort hängen. Hastig band Art sich das Seil um die Brust und wartete, bis ein Blitz ihm zeigte, wo seine Freunde im Wasser trieben. Als das Schiff sich von ihnen wegneigte, kauerte er sich zusammen. Sobald der Mast wieder auf die andere Seite schwankte, sprang er. Wie von einem Katapult geschleudert, flog er durch die Luft.

Die Seeleute sahen nur ein kleines braunes Etwas durch den Himmel rasen, das mit sich überschlagender Stimme »Arschbombe!« schrie.

Bevor er landete, rollte Art sich zusammen und hoffte, dass der Aufschlag durch sein Fell nicht zu sehr brannte. Im nächsten Augenblick schlug das Wasser über ihm zusammen. Mühsam strampelte er sich wieder an die Oberfläche. Kaum war er aufgetaucht, als eine schwere

Krallenhand ihn packte und er in Phillos gelb glühende Augen sah. Neben ihm schnappte Jeans nach Luft.

»Hi!«, brüllte Art fröhlich und verschluckte sich. »Alles klar hier unten? Habt ihr den Stab?«

Die beiden konnten gerade noch das Seil packen, bevor die *Seekatze* die drei Freunde hinter sich durch die Wellen zerrte. Einige Minuten kämpften sie sich am Seil entlang, bis sie zuletzt das Heck des Frachters erreicht hatten. Mit wenigen Griffen war Phillo über die Bordwand geklettert. Da Jeans den Stab mit einer Hand festhalten musste und nicht klettern konnte, zog er die anderen beiden kurzerhand an dem Seil nach oben. Sobald sie über die Reling gerollt waren, ließen sie sich einfach fallen, schnauften tief durch und genossen eine Weile das Gefühl, wieder Boden unter den Füßen zu haben. Nach kurzer Zeit wurden sie von einigen Männern aufgehoben und unter Deck in ihre alte Kabine geführt, wo Sanna auf sie wartete. Sie saß neben Tarnus, der mit geschlossenen Augen in einer Koje lag.

»Wie habt ihr das gemacht?«, fragte sie erleichtert. »Ich hab schon gedacht, ihr wärt alle ertrunken. Was ist mit Ramius?«

»Der macht einen Tauchkurs«, brummte Phillo gleichgültig und ließ sich hustend in eine andere Koje fallen. »Wie geht's Tarnus?«

»Ich bin in Ordnung«, ließ der alte Elhaîn sich schwach vernehmen und richtete sich ein wenig auf. Seine Augen leuchteten finster auf, als er den Stab in Jeans' Hand

sah. »Sagt dem Schiffer, er soll Kurs auf Shalaan nehmen. Wir müssen dieser Sache rasch ein Ende machen und von hier aus kann ich das nicht.«
»Hoffentlich kann er es überhaupt«, murmelte Jeans skeptisch und machte sich auf den Weg zu Siky, um ihr den neuen Befehl zu geben.
»Wir müssen gegen den Wind kreuzen«, sagte die Schifferin. »Es wird eine Weile dauern, bis wir wieder zurück sind.«
»Verstanden. Bitte gebt uns Bescheid, wenn wir einlaufen«, bat Jeans nur und verschwand wieder unter Deck. Ihr Kopf dröhnte immer noch von dem Aufprall und sie freute sich darauf, ein paar Minuten lang Ruhe zu haben.
Während auf Deck die Mannschaft ihr Bestes gab, um die *Seekatze* zurück in den Hafen zu führen, ließen sich die Freunde völlig erschöpft in ihre Kojen fallen. Sogar Art war zu erschlagen, um noch herumzulaufen. Als nach fast einer Stunde ein triefnasser Matrose in die Kabine trat und ihnen mitteilte, dass sie die Stadt erreicht hatten, schienen ihnen nur ein paar Minuten vergangen zu sein.
»Jetzt seid Ihr an der Reihe, Tarnus«, sagte Phillo und richtete sich ächzend auf. »Was sollen wir tun?«
»Helft mir nur nach oben. Den Rest müssen Sanna und ich erledigen. Bei dieser Sache könnt Ihr uns nicht mehr helfen.«
Kurze Zeit später standen die Freunde und Tarnus ne-

ben Siky auf dem Achterdeck und betrachteten entsetzt das Bild der Zerstörung. Überall standen Häuser lichterloh in Flammen, die von dem Sturm trotz des Regens immer wieder aufs Neue angefacht wurden. Im Schein der Feuer war deutlich zu sehen, dass die Straßen von Leichen übersät waren, zwischen denen tausende von Männern und Frauen verzweifelt mit den Monstern um ihr Leben kämpften, teilweise mit bloßen Händen oder nur mit Stöcken bewaffnet.

»Ich muss unbedingt an Land«, stieß Tarnus hervor und wandte sich Siky zu. »Solange ich auf dem Wasser bin, habe ich nicht die Macht, um das zu beenden. Könnt Ihr mich dort auf den Hafenmauern absetzen?«

Einen Moment lang schätzte die Schifferin den Wellengang ab, dann nickte sie. »Ich werde es versuchen. Haltet Euch bereit! Ihr werdet springen müssen.«

Wie schon bei ihrer ersten Ankunft in Shalaan, lenkte Siky die *Seekatze* so nahe an der Hafenmauer vorbei, dass die Wellen zwischen den Steinen und dem Schiffsrumpf wie eine Fontäne emporschossen. Sobald sie die Einfahrt passiert hatten, beruhigte sich das Wasser ein wenig. Mit aller Kraft zwang die Schifferin den Frachter in eine scharfe Wende. Wenige Sekunden später schrammten sie so heftig an der Hafenmauer entlang, dass der Rumpf an Backbord wie von einer riesenhaften Raspel aufgerissen wurde.

»Jetzt!«, brüllte Siky über das grauenhafte Krachen hinweg. »Springt!«

Phillo kam dem Befehl als Erster nach, setzte über die Reling und rollte sich auf der Mauer ab. Kaum war er wieder auf den Beinen, als er schon Tarnus und Sanna auffangen musste. Die beiden Elhaîn ließen sich von ihm aufhelfen, während Art und Jeans mühelos folgten. Kaum hatten sie das Schiff verlassen, als Siky abschwenkte und ihre geschundene *Seekatze* in die Mitte des Hafenbeckens steuerte.

»Wir müssen hier weg!«, schrie Jeans. Die gewaltigen Wellen, die gegen die Mauer schlugen, brachen mit solcher Gewalt über ihnen zusammen, dass sie befürchten mussten, jeden Moment fortgespült zu werden. Geduckt hetzten sie die Mauer entlang, bis sie endlich das Land erreichten und am Rande des Hafens standen. Hier verschnauften sie einen Augenblick lang und wischten sich das Salzwasser aus den Augen.

Art schüttelte sich, bis sein Pelz nach allen Seiten abstand. »Ich war noch nie so nass!«, schimpfte er. »Hört dieser Sturm irgendwann mal wieder auf?«

Unbewegt starrte Tarnus auf seine Stadt. Dann wandte er sich ab und sah Jeans an, die ihm wortlos den Stab reichte. Mit einem leisen Schaudern kniete er sich hin und umklammerte ihn mit beiden Händen. Ohne Aufforderung kniete Sanna hinter ihm nieder, legte ihm die Hände auf die Schultern und schloss die Augen.

»Du sollst verflucht sein, alter Freund«, murmelte Tarnus, und obwohl er die Lippen kaum bewegte, hörten die Freunde seine Worte selbst durch das Brausen des

Windes. Ein goldener Schimmer ließ das graue Haar des Elhaîn aufglühen, während der Stab selbst grünlich zu leuchten begann. Die Regentropfen, die auf das seltsam gemusterte Silber fielen, verdampften mit leisem Zischen und ein unhörbarer Donner ließ die Erde erbeben. Unwillkürlich traten die Freunde ein Stück zurück, als Sanna ein lang gezogenes Stöhnen ausstieß und ihr Kopf zwischen Tarnus' Schultern sank. Die beiden Elhaîn wurden plötzlich von einer gleißenden Kugel aus goldenem Licht umschlossen, vor dem die anderen geblendet die Augen verschlossen. Aus der Stadt wehte ein tausendfacher grausiger Wutschrei über das Wasser der Bucht.

Jeans schirmte ihr Gesicht mit den Händen gegen das Leuchten ab und beobachtete den Hafen. »Oh nein!«, flüsterte sie. »Phillo! Sie kommen!«

Zuerst waren es nur fünf Monster. Doch schon einen Moment später strömten sie aus allen Straßen und Gassen, tausende und abertausende der zotteligen Bestien, und alle hatten ein gemeinsames Ziel: die fünf Menschen am Rand der Hafenmauer!

»Ich hoffe nur, Tarnus weiß, was er tut«, knurrte Phillo. »Bis jetzt bin ich skeptisch.«

»Wieso?«, fragte Jeans grimmig und zog ihre Schwerter. »Klappt doch prima.«

»Vermutlich ein Kompromiss«, meinte Art. »Die Biester fressen uns und lassen dafür die Leute in der Stadt in Ruhe.«

Phillo zog eine Grimasse. »Mir wäre eine andere Lösung lieber.« Er wandte sich nach Sanna und Tarnus um. Die beiden waren nur noch als verschwommene Schatten inmitten ihrer leuchtenden Kugel zu sehen.

»Sie sind gleich da!«, schrie Jeans und hob ihre Schwerter zu den ersten Streichen. Schon konnte sie die bösartigen Augen der grausigen Wesen sehen, die mit großen Sprüngen auf sie zuhetzten.

»Hört ihr das?«, fragte Art verwundert. »Was ist denn das jetzt?«

Ein feiner Ton erklang, wie das Klirren eines Kristalls, wurde lauter und lauter, je näher die Bestien kamen. Die ersten von ihnen wurden langsamer und versuchten zuletzt sogar stehen zu bleiben, wurden aber von ihren nachrückenden Artgenossen weitergeschoben.

Jetzt, Sanna!, hörten die Freunde Tarnus' Stimme so laut in ihren Gedanken sagen, dass sie benommen in die Knie sanken.

Wie aus einer Kehle ertönte der tausendfache, furchtsame Schrei der Monster, als sich die Lichtkugel um die beiden Elhaîn plötzlich weitete und wie eine Welle aus blauem Feuer über sie hinwegfegte. Die Freunde spürten nur ein kurzes Kribbeln, doch die Bestien zerfielen einfach zu Staub. Die letzten Reihen der Monster versuchten noch unter panischem Kreischen in irgendwelche Löcher zu kriechen, doch nicht ein einziges der Wesen schaffte es, sich vor der blauen Lichtwelle zu verstecken. Nach einigen Sekunden waren alle zu Asche zerfallen und wurden vom Wind fortgeblasen oder vom Regen in das Hafenbecken gespült. Der grauenvolle Fluch, mit dem Ramius sich für den Tod seines Sohnes gerächt hatte, war von der Stadt genommen.

»So, das wär's«, stellte Art zufrieden fest, der mal wieder als Erster die Sprache wieder gefunden hatte. »Seid ihr zwei in Ordnung?«

Jeans sah ungläubig über den leeren Hafen hinweg, dessen Pflaster mit einer dicken Schicht schmierigen Aschebreis bedeckt war. »Mir geht's gut.«

»Jup, alles klar«, meldete Phillo und sah sich nach Sanna und Tarnus um. Die beiden lagen eng aneinander gedrängt auf dem Boden. »Wir sollten unsere Wunderkinder lieber mal nach Hause bringen«, sagte er ruhig und stand auf.

Einige Menschen hatten zufällig das Licht am Hafen gesehen und auch, wie es zu dem blauen Licht wurde, das die Monster in Sekunden zu Asche zerfallen ließ. Eine alte Frau war die Erste, die den Freunden entgegentrat, als sie Tarnus und Sanna zum Turm tragen wollten.

»Habt Ihr unsere Stadt gerettet?«, fragte sie mit brüchiger Stimme und Tränen in den Augen. Noch bevor sie antworten konnten, fiel die Alte vor ihnen auf die Knie. Hinter ihnen strömten immer mehr Menschen aus den Straßen und nach kurzer Zeit ließ ohrenbetäubender Jubel die Luft über der Bucht erzittern. Zuletzt kamen die

Freunde kaum noch vorwärts, da so viele der dankbaren Leute sie berühren wollten.

»Das ist jetzt fast ein bisschen lästig«, knurrte Jeans. Art trottete zwischen ihnen dahin und trug den Stab, dessen Silber grau angelaufen war.

»Lasst uns doch mal durch, verdammt! Wir haben hier Verletzte!«

Als sie schon befürchteten von der Menschenmasse zerquetscht zu werden, tauchte plötzlich Mides auf einem Streitross vor ihnen auf. Er hatte mehrere seiner Männer bei sich, die mit ihren Pferden rücksichtslos einen kleinen Kreis in der Menge schufen. Der junge Elhaîn sprang aus dem Sattel und packte strahlend ihre Hände. Quer über sein Gesicht verlief eine blutende Wunde, doch er schien sich kaum daran zu stören.

»Ihr habt es geschafft!«, stieß er atemlos hervor. »Ihr seid wirklich von den Göttern selbst geschickt worden!«

»Ihr müsst Euch um Sanna und Euren Vater kümmern«, sagte Phillo knapp. Seine Rippe tat so weh, dass er kaum atmen konnte. »Die beiden sind seit dem Zauber ohnmächtig.«

»Und ich möchte ins Trockene«, fügte Jeans hinzu.

»Ihr habt Recht. Wir bringen euch nach Hause. Siron? Kümmert Euch um unsere Retter, schnell!«

Kurz darauf standen die Freunde neben den Betten, in die man Sanna und Tarnus gelegt hatte, und warteten. Mides berührte erst seinen Vater an den Schläfen und versenkte sich für einen Moment in seinen Geist. Dasselbe tat er bei Sanna und sah danach lächelnd zu den anderen auf. »Es geht beiden gut«, sagte er erleichtert. »Sie sind bis an die äußerste Grenze ihrer Belastbarkeit gegangen, aber ich bin mir sicher, dass sie in ein paar Tagen wieder wohlauf sind.«

»Gott sei Dank«, murmelte Jeans.

»Und was machen wir jetzt?«, fragte Art und sah seine Freunde erwartungsvoll an. Er trug nur noch eine Hose und sein trocken gerubbeltes Fell stand nach allen Seiten ab.

Phillo und Jeans wechselten einen verzweifelten Blick. »Schlafen«, sagten beide wie aus einem Mund.

Der nächste Tag begann mit strahlendem Sonnenschein. Kein Wölkchen war mehr am Himmel über der Stadt zu sehen, als Phillo aufwachte. Grunzend drehte er sich auf den Rücken und rieb sich die Augen. Ihm tat alles weh, aber bis auf seine Rippe war es ein simpler Muskelkater und diesen Schmerz mochte er irgendwie. Durch ihn hatte er immer das Gefühl, etwas geleistet zu haben. Genussvoll stöhnend, richtete er sich auf und stand auf. Sobald sein Bett knarrte, klopfte es an der Türe.

»Herein«, brummte er und ein Junge trat ins Zimmer. In der Hand hielt er eine Schüssel heißes Wasser, ein flauschiges Handtuch und Seife.

»Ich habe gehört, dass Ihr wach seid, Herr«, sagte er mit einer Verbeugung und stellte alles auf die Kommode an der Wand. »Vielleicht möchtet Ihr Euch waschen?«

»Stinke ich wirklich so schlimm?«, fragte Phillo scherzhaft, doch die Augen des Jungen weiteten sich erschrocken.
»Das habe ich nicht gemeint, Herr«, verteidigte er sich hastig, »ich wollte . . .«
»War nur 'n Witz, beruhige dich. Weißt du, ob meine Freunde schon wach sind?«
»Herr Art ist bereits oben auf dem Dach mit Herrn Mides beim Essen. Wenn Ihr mit ihnen zusammen frühstücken wollt, soll ich Euch zu ihnen bringen. Aber ich kann Euch auch hier etwas servieren, wenn Euch das mehr zusagt. Die beiden Damen schlafen noch.«
Phillo nahm den Schwamm und rieb sich damit übers Gesicht. »Ich fürchte, dass Herr Art mit seinem Gequatsche den Herrn Mides gerade um den Verstand redet, insofern sollte ich besser zu ihnen gehen«, brummte er. »Kannst du mir ein paar Klamotten besorgen?«
Ein paar Minuten später betrat Phillo die Dachterrasse und blinzelte in die grelle Sonne. Erst jetzt wurde ihm bewusst, dass der Tag schon weit fortgeschritten war. Unter einem Baldachin saßen Art und Mides an einer reich gedeckten Tafel und unterhielten sich. Mides stand respektvoll auf, als er sich ihnen näherte. Die Wunde über seinem Gesicht war gewaschen und genäht worden und sah nun fast noch furchtbarer aus als am Vorabend.
»Guten Tag, Phillo«, begrüßte der junge Elhaîn ihn herzlich. »Ich sehe, Ihr seid wohlauf?«

»Eigentlich schon«, sagte Phillo und setzte sich zu ihnen. »Mir tut jeder Muskel weh, aber das geht vorbei.«
Mides lachte. »Bei Euren Abenteuern kann das kaum verwundern. Art ist gerade dabei, mir alles zu berichten, was Ihr gestern erlebt habt.«
»Ich habe ihm eben erzählt, wie sein Vater diese Feuerkugel gemacht hat«, sagte Art begeistert. »Und wie dann diese Biester gekommen sind und dann dieses Geräusch da war, und wie Jeans dann schon Angst hatte, aber dann dieses leuchtende Dings immer größer geworden ist, und dann waren alle weg und zu Asche geworden. Irre!«
»Ihr seid ja bereits vollständig im Bild, Mides«, grinste Phillo und schenkte sich einen Becher Fruchtsaft ein.
»Es wäre interessant, das Ganze noch einmal aus Eurem Mund zu hören«, erwiderte Mides mit einem Anflug von Verzweiflung. »Es mag ja sein, dass Ihr das eine oder andere Detail zu erzählen habt, das mir bei Arts Schilderung entgangen ist.«
»Kann ich mir kaum vorstellen«, widersprach Phillo erbarmungslos und nickte Jeans zu, die gerade an der Treppe erschien. »Aber vielleicht kann Jeans Euch noch etwas Interessantes sagen – Guten Morgen.«
»Morgen«, murmelte Jeans, ließ sich in einen der Korbstühle fallen und gähnte erst einmal herzhaft. »Herrje, ich bin vielleicht fertig.«
»Nimm dir was von dem Schinken, der ist super«, empfahl Art fröhlich und biss herzhaft in eine gelbe, eiförmi-

ge Frucht. »Wir reden gerade über gestern. Mides will, dass ihr beide das Ganze noch mal aus eurer Sicht erzählt.«

Jeans nahm sich ein Stück Hefekuchen. »Mich würde erst einmal interessieren, wie es in der Stadt aussieht. Wie schlimm ist es?«

Mides' Gesicht verfinsterte sich. »Die Götter wissen, wie viele Menschen diesen Monstern zum Opfer gefallen sind«, sagte er leise. »Alleine von unserem Haus sind über dreißig im Kampf gefallen. Ich wage es nicht, darüber nachzudenken, wie hoch die Gesamtzahl ist. Sie muss in die tausende gehen.«

Jeans legte ihren Kuchen zurück. »Das ist nicht gerade appetitanregend«, murmelte sie und atmete tief durch.

»Und das alles nur, weil Ramius durchgedreht ist«, sagte Art erschüttert. Er war so in die Schilderung ihrer Heldentaten vertieft gewesen, dass er kaum noch an die Katastrophe gedacht hatte, die sich währenddessen in der Stadt abgespielt hatte.

»Was ist eigentlich mit Ramius geschehen?«, erkundigte sich Mides.

Phillo warf ihm einen kurzen Blick zu. »Um den müsst Ihr Euch keine Sorgen mehr machen«, erwiderte er nur. »Er ist bei seinem Sohn.«

Eine Weile lang herrschte Schweigen, während jeder seinen Gedanken nachhing. Trotz des wunderschönen Tages lag eine drückende Stille über der Stadt. Vom Turm aus konnte man den Hafen sehen, in dem hunder-

te von Männern mit den Aufräumarbeiten beschäftigt waren. Die zwei Wracks trieben immer noch vor der Einfahrt, umschwärmt von mehreren Ruderbooten.
»Es wird noch eine Weile dauern, bis sich die Stadt von dieser Nacht erholt hat«, sagte Mides schließlich und stand auf. »Vergebt mir, dass ich nicht länger bleiben kann. Lasst Euch bitte nicht bei Eurem Morgenmahl stören. Aber ich muss mich jetzt mit Vertretern der anderen Häuser treffen, um die Arbeiten zu organisieren. Es gibt eine Menge zu tun.«
Die Freunde sahen ihm stumm hinterher. Schließlich seufzte Jeans und nahm sich doch den Kuchen. »Ich hoffe nur, dass Sanna bald aufwacht, damit wir auch mal wieder nach Hause können«, sagte sie und biss ein großes Stück ab, während Art und Phillo stumm nickten.
Den Tag verbrachten die Freunde auf der Terrasse oder in ihren Zimmern, verschliefen die Hitze und versuchten mit den Erlebnissen der letzten Nacht fertig zu werden. Nicht einmal Art hatte Lust, den Turm zu verlassen. Die Vorstellung, den furchtbaren Überresten der Schlacht zu begegnen, nahm ihnen jede Neugierde. Zudem machten sich alle Sorgen um Sanna, auch wenn sie das durch Witze zu verbergen versuchten. Immer wieder sahen sie nach ihrer ohnmächtigen Freundin, standen ratlos an ihrem Bett herum und hofften, dass sie bald aufwachen würde.
Bei Sonnenuntergang saßen die drei zusammen auf der Terrasse und kauten an ihrem Abendessen herum, als

Sanna an der Treppe erschien. Sie trug ein zerknittertes Seidenkleid und rieb sich müde über das Gesicht.
»Na, so was!«, rief Art mit vollem Mund. »Schaut mal, wer da aufgetaucht ist!«
»Arna hat mir gesagt, dass ihr hier oben seid«, brummte Sanna und ließ sich in einen der Stühle fallen. »Herrgott, hab ich ein Kopfweh!«
»Kein Wunder«, ließ sich Jeans erleichtert vernehmen. »Ihr beide habt auch wirklich eine tolle Show abgezogen.«
Fragend sah Sanna in die Runde. »Tatsächlich? Ich weiß nicht mehr genau, was passiert ist. Tarnus hat dieses Licht um uns erzeugt und ab da habe ich alles nur noch so halb mitbekommen.«
Phillo lachte. »Wir haben es jedenfalls geschafft – nur um dich auf den neuesten Stand zu bringen. Die Monster sind weg.«
»Hatte ich mir beim Aufwachen fast schon gedacht«, meinte Sanna lächelnd. »Und warum guckt ihr alle so beerdigungsmäßig?«
»Guter Ausdruck«, sagte Jeans düster. »Die Leute sind immer noch damit beschäftigt, die Toten wegzuschaffen.«
Sannas Blick wanderte zum verwüsteten Hafen hinunter. »Wie viele?«, fragte sie ruhig.
Eine Weile herrschte Schweigen. Keiner der anderen traute sich die schreckliche Antwort laut auszusprechen. »Einige tausend«, sagte Phillo zuletzt leise.
Bestürzt schloss Sanna die Augen und atmete tief durch.

»So was hatte ich befürchtet.« Sie sah nach Westen, wo gerade die Sonne als blutrote Scheibe im Meer versank. »Aber wir konnten nicht mehr tun. Niemand konnte mehr tun.«
Langsam stand Jeans auf, ging zur Brüstung und stützte sich darauf. »Ich möchte hier weg«, sagte sie, ohne die anderen anzusehen. »Ich will nach Hause.«
»Wahrscheinlich meinst du damit nicht die Wüste oder Thebul«, vermutete Sanna.
»Was ist mit dir?«, erkundigte sich Phillo. »Wir drei wollen endlich mal wieder ein normales Leben führen. Diese Sache hier war einfach ein bisschen zu krass.«
Sanna lachte etwas gezwungen. »Zugegeben, ich hätte nichts dagegen, noch eine Weile zu bleiben. Ich habe endlich jemanden gefunden, der mir etwas beibringen könnte.« Jeans wandte sich zu ihr um, doch bevor sie etwas erwidern konnte, hob Sanna abwehrend die Hand. »Ich weiß schon, was du sagen willst. Ist okay, ich möchte auch nach Hause. Aber lasst uns noch ein paar Tage hier bleiben, bitte. Erstens will ich mich noch ein bisschen erholen und vor allem muss ich mich von Tarnus verabschieden.«
Die anderen sahen sich fragend an. »Das ist doch ein Wort«, meinte Phillo schließlich und rang sich ein Lächeln ab. »Außerdem sollte ich noch was für Mathe tun, wenn mich nicht alles täuscht.«
»Ach du Scheiße!«, rief Art entsetzt. »Wir haben übermorgen Schule – wann auch immer das sein mag.«

In dem Lachen löste sich die gedrückte Stimmung wieder ein wenig, und als Mides zwei Stunden später müde und verschwitzt auf die Terrasse gestapft kam, fand er eine entspannte Runde vor, die sich im Schein von ein paar Kerzen halblaut über die letzten Tage unterhielt.

»Da bist du ja, Sanna«, sagte er erleichtert. »Wie geht es dir?«

»Ich habe immer noch Kopfweh, aber das wird morgen vorbei sein, denke ich.«

»Darauf würde ich an deiner Stelle nicht wetten«, meinte Mides lachend. »Das kann hartnäckiger sein, als man sich vorstellt.«

»Wie sieht es in der Stadt aus?«, fragte Jeans.

Der junge Elhaîn setzte sich. »Besser, als ich gehofft hatte. Zum einen sind viele der vermeintlichen Toten wieder aufgetaucht. Zum anderen überwiegt die Freude über die Rettung vor diesem furchtbaren Fluch bei weitem die Trauer über die Verluste. Wir haben im Rat beschlossen morgen die Toten zu begraben und übermorgen ein Fest zu feiern.« Er lächelte verschmitzt. »Ihr werdet bei diesem Fest eine recht zentrale Rolle spielen, fürchte ich. Es hat sich herumgesprochen, wer für die Rettung Shalaans verantwortlich ist.«

»Das hat er also mit zentraler Rolle gemeint«, murmelte Jeans, als die Freunde zwei Tage später die schmale Holztreppe zur Empore hinaufstiegen. Alle vier trugen Kleider, die man in den letzten zwei Tagen unter weiß

Gott welcher Arbeit und Eile eigens für sie hergestellt hatte und die an Protz kaum zu überbieten waren.
»Wenigstens mussten wir nicht an der Beerdigung teilnehmen«, gab Sanna gequält zu bedenken. »Sei froh, dass es hiermit getan ist.«
Die Menge rund um die Empore brach in brausenden Jubel aus, als die Helden der Schlacht um Shalaan auf der Treppe erschienen. Es waren viele tausend Menschen, die sich hier versammelt hatten. Um besser sehen zu können, standen die meisten auf den Bänken und Tischen, mit denen man den Platz in eine einzige große Tafel verwandelt hatte.
»Kommt schon, das könnte auch schlimmer sein«, meinte Art grinsend und winkte den Leuten zu, worauf sich das Toben noch einmal verstärkte.
»Das meine ich aber auch!«, pflichtete ihm Siky lachend bei. Auch für sie hatte Tarnus ein Gewand schneidern lassen, das sie eher wie eine derbe Königin wirken ließ als die Schifferin eines Frachters.
»Wartet mal, bis ihr die Rede vom Ratsältesten gehört habt«, prophezeite Phillo düster. »Wenn ich Mides richtig verstanden habe, muss er ein ziemlicher Laberkopf sein.«
»Ich freue mich trotzdem darauf«, beharrte Art übermütig. Ihm gefiel die Sache ausnehmend gut. »Hallo, Tarnus! Alles in Butter?«
Der alte Elhaîn war noch am Abend desselben Tages wie Sanna aus seiner Ohnmacht erwacht. Nun stand er

neben den anderen Ratsmitgliedern an der langen Tafel auf der Empore und verneigte sich vor den fünf Helden. »Ich grüße Euch alle!«, sagte er und lachte strahlend. Dann stellte er den Freunden und Siky die Ratsmitglieder vor. Die grauhaarigen Oberhäupter der Stadt schienen tatsächlich all ihre Würde zu vergessen und betrachteten ihre Retter mit vor Freude und Neugier glitzernden Augen. Nachdem die Freunde alle Namen erfahren hatten, durften sie sich setzen und auf die Rede des Ratsältesten warten. Der Greis atmete tief durch und begann zu sprechen. Überall auf dem Platz hatten sich Herolde auf die Tische gestellt und lasen die vorbereitete Rede vor, sodass die Leute in den Genuss einer Art vorsintflutlicher Live-Übertragung kamen.
Eine gute halbe Stunde später hatten es die Freunde hinter sich, was sie daran bemerkten, dass die Menge sich mit neuen Hurra-Rufen aus ihrer Schläfrigkeit zu befreien versuchte. Dann endlich begannen Musikanten zu spielen und sie konnten sich über das Essen hermachen.
»Nach dem Mahl wird Euch der Rat zu Rittern der Stadt erklären«, verriet Tarnus ihnen nach dem dritten Gang. »Das ist eine ebenso große wie nutzlose Ehre. Deswegen habe ich Euch vorhin gefragt, ob Ihr noch einen anderen Wunsch habt, den wir Euch erfüllen können.«
Die Freunde sahen sich an und Sanna räusperte sich. »Nun, wir haben uns tatsächlich etwas ausgedacht«, begann Sanna zögerlich. »Wir waren uns nicht nur sicher, ob Ihr damit klarkommt . . .«

Der Regen prasselte gnadenlos auf die Menge nieder, die sich am Hafen versammelt hatte, um die Retter der Stadt zu verabschieden. Doch das schien die Laune nicht zu trüben und von überallher ertönten freundliche Wünsche, als die Freunde den Kai entlangmarschierten, um an Bord der *Seekatze* zu gehen.
»Ich hatte gehofft, ein paar ruhige Tage mit Euch auf unserem Landgut zu verbringen«, sagte Mides bedauernd und wischte sich eine nasse Strähne aus dem Gesicht.
»Das nächste Mal«, tröstete Sanna ihn. »Wir werden irgendwann wieder hierher kommen.«
»Das wollen wir hoffen«, warf Tarnus lachend ein. »Ihr müsst schließlich nachsehen, ob Euer Wunsch in Erfüllung gegangen ist und wirklich auch Vanduuns im Zentrum leben.«
Phillo zuckte die Schultern. »Wenigstens ist es jetzt erlaubt«, meinte er. »Bis sich tatsächlich etwas ändert, wird es wohl noch eine Weile dauern.«
Der alte Elhaîn nickte. »Da mögt Ihr Recht haben. Aber der erste Schritt dazu ist getan.«
»Mehr konnten wir wohl kaum verlangen«, meinte Jeans in ungeduldigem Ton. Sie stand bereits auf dem Fallreep und sehnte sich danach, sich in ihrer Kabine zu verkriechen. »Und für dieses neue Gesetz sind wir echt dankbar. Art, kommst du?«
»Jeans hasst Regen«, erklärte Art. »Okay, Tarnus, Mides – war stark mit euch beiden. Macht's gut!«

»Wir sehen uns wieder«, versprach Phillo und stieg zum Schiff hinauf. »Und danke für die schönen Gürtel.«

»Tragt die Insignien von Rittern der Stadt mit Stolz«, mahnte Tarnus. »Wo immer Ihr auf Menschen aus Shalaan treffen werdet, werden sie Euch zur Seite stehen, wenn Ihr ihnen Euren Rang verratet.« Er wandte sich Sanna zu und musterte den in Leder gewickelten Stab in ihrer Hand. »Ich weiß dieses Ding bei Euch in sicherem Gewahrsam.«

»Ich werde mich darum kümmern«, sagte Sanna nur. »Und jetzt wünsche ich Euch beiden alles Gute. Ich werde an Euch denken.«

Mides nickte. »Und wir an dich. Gute Heimreise.«

Die drei Elhaîn reichten sich die Hände, senkten ihre geistigen Schilde und berührten sich so tief in ihren Seelen, wie es nur die Angehörigen ihres Volkes vermögen. Dann bestieg auch Sanna die *Seekatze*. Ein paar Minuten später hatte der schlanke Frachter den Hafen verlassen und segelte vor dem Wind nach Norden in Richtung Thebul.

Art, Jeans und Phillo saßen unter Deck und spielten Massnim, ein Kartenspiel, das ihnen Jeans' Volk beigebracht hatte. Auf dem Achterdeck stand Sanna an der Reling und blickte durch die Regenschleier auf die Stadt zurück, die sich immer mehr im Grau des Horizonts verlor. Als die Küste nur noch ein schmaler Streifen am Horizont war, hob sie den Stab und warf ihn in hohem Bogen in die Wellen. Ein paar Minuten noch stand sie da

und genoss den Regen auf ihrem Gesicht. Dann wandte sie sich seufzend ab und trat neben Siky, die mit mürrischer Miene neben dem Steuerruder stand.
»Euch wurde bereits der volle Fahrpreis ausgezahlt?«, fragte Sanna.
Die Schifferin musterte sie stirnrunzelnd. »Mehr als das. Warum fragt Ihr?«
»Es kann sein, dass wir in ein paar Stunden nicht mehr an Bord sind«, erklärte Sanna zögernd. »Macht Euch in dem Fall bitte keine Sorgen, aber seid so gut – wenn Ihr in Thebul ankommt, sendet König Larson einen Boten, dass wir wohlbehalten nach Hause zurückgekehrt sind.«
»Was um alles in der Welt habt Ihr vor?«, fragte die Schifferin.
Sanna lachte. »Ich werde versuchen uns nach Hause zu hexen.«

»Du hast geguckt!«, schrie Art wütend. »Du kannst nicht wissen, dass ich den schwarzen Feldherrn habe!«
»Ich habe eben gut geraten«, schrie Jeans grinsend zurück. »Verflucht, darum geht es bei diesem Spiel!«
Phillo ließ seine Karten sinken, als Sanna eintrat und ihren nassen Umhang auf einen Stuhl warf. »Alles erledigt?«, fragte er.
Mit einem Nicken setzte sich Sanna neben die drei und holte den Anhänger unter ihrem Hemd hervor. Die Linien passten perfekt zusammen. »Ihr wollt wirklich

heim?«, fragte sie und ihre Freunde nickten. »Gut, dann versuchen wir es.«
Mit geschlossenen Augen versenkte sich Sanna in ihre Erinnerung. Das Trommeln des Regens auf dem Schiffsrumpf wurde immer leiser, als sie sich vorstellte, wie sie mit den anderen in ihrem Wohnzimmer saß und heißen Kakao trank. In Sannas Händen strahlte das Arcanion eine angenehme Wärme aus und begann blau zu leuchten. Plötzlich umhüllte schwarze Finsternis die Freunde, als der magische Anhänger sie zurück in ihre Welt schleuderte – eine Welt, die sie nun seit viel zu langer Zeit nicht mehr gesehen hatten.
Übermorgen haben wir schon wieder Schule, war Sannas letzter Gedanke, bevor sie in einen traumlosen Schlaf hinüberglitt, aus dem sie erst wieder erwachte, als sie in einem anderen Körper auf dem Ledersofa ihrer Eltern lag.